Für Stefan

Inhaltsverzeichnis

Der Anrufer

Hanna stand mit einer Tasse Kaffee in der Hand am Fenster, schaute hinaus und stellte fest, dass die Sonne schien. Seit zwei Wochen schlief sie wieder etwas besser.
Die Antidepressiva, die ihr Dr. Klein verschrieben hatte, schienen erfreulicherweise nach drei Wochen endlich zu wirken, nur gegen ihre Albträume halfen sie leider nicht. Nach wie vor wachte sie Nacht für Nacht schweißgebadet auf und das Herz schlug ihr bis zum Hals. Der Doktor hielt es für eine völlig normale Reaktion nach einem solch schweren Trauma wie das, dass sie erleben musste. Sie müsse nur geduldig genug mit sich selbst sein, riet ihr der Arzt, irgendwann würde alles wieder gut werden. Doch sie blieb skeptisch. Denn es war inzwischen ein halbes Jahr

vergangen, seit David gestorben war.

Sie schloss die Augen, um erneut zu durchleben: Wie das Auto ins Schlingern geriet, von der Straße ab kam und gegen einen Baum prallte. David lag tot neben ihr, ein dicker Ast hatte ihn durchbohrt. Bei ihr hingegen waren die Glieder grotesk in alle Richtungen verdreht zudem hatte sie eine stark blutende Platzwunde an der Stirn.

Während sie wieder ihre Augen öffnete, schwankte sie. Hanna musste sich deswegen für ein paar Sekunden am Küchentisch abstützen, da sie sonst umgefallen wäre.
Laut Polizeibericht war David einfach nur zu schnell gefahren. Hanna jedoch wusste, dass dies nicht der Wahrheit entsprach, denn kurz bevor

David die Kontrolle über das Auto verlor, war ihnen ein anderes Fahrzeug entgegengekommen, hatte sie von der Straße abgedrängt und anschließend Fahrerflucht begangen.

Sie riss sich von den quälenden Gedanken los dann blickte sie auf die Uhr. 7.30 Uhr langsam wurde es Zeit, sich für ihre Sitzung bei Dr. Klein fertigzumachen.

Während sie dabei war ins Schlafzimmer zu gehen, um sich anzuziehen, klingelte unerwartet das Telefon.

Sie hob den Höhrer ab und eine tiefe männliche Stimme meldete sich: „Wir sollten miteinander reden", erklärte der Fremde. „Ich weiß, wer Ihren Freund umgebracht hat."

„Wir treffen uns heute Nachmittag um 15 Uhr im Stadtpark."

„Kommen Sie bitte alleine."

Hanna wollte eben fragen, mit wem sie sprach, woher er sie kannte und weshalb er von dem Unfall wusste, doch genau in diesem Augenblick beendete der Unbekannte das Telefonat, sie hörte nur noch das endlose Tuten des Freizeichens. Einen Moment lang fragte sie sich, ob dieser Anruf nur Einbildung gewesen sei. Seit dem Unfall konnte sie ihrer Wahrnehmung nämlich nicht immer vertrauen. „Vielleicht eine Folge der Hirnverletzung?", vermutete sie. „Gut möglich, dass ich noch nicht so ganz gesund bin", dachte Hanna. Daraufhin zog sie sich an.

Tom Klein saß wie jeden Morgen um 7.45 Uhr in seiner Praxis, um sich auf seine erste Patientin vorzubereiten. Sie litt an einer posttraumatischen

Belastungsstörung. Seit einem halben Jahr konnte er bei ihr keine nennenswerten Fortschritte mehr verzeichnen. Er legte das Buch über Traumatologie zurück ins Regal rechts neben ihm, als seine Sekretärin hereinkam, um ihm eine Tasse extra starken Kaffee zu bringen.

„Guten Morgen, Herr Doktor!"
„Morgen Glenda, schicken Sie bitte die Patientin herein."
„Wird gemacht", antwortete die Sekretärin und verließ den Raum.

Hanna betrat das Behandlungszimmer und nahm in dem braunen Sessel neben dem Fenster Platz. Nervös wischte sie sich mit der linken Hand eine blonde Locke aus der Stirn.
„Wie geht es Ihnen?", fragte der Doktor, er fixierte sie durch seine dicke Brille.

„Was machen die Albträume?"
„Sie sind nach wie vor
unverändert."
„Haben Sie den Trauminhalt
aufgeschrieben, nachdem Sie
aufgewacht sind, so, wie ich es
Ihnen empfohlen habe?"
„Ja, nur sehe ich darin keinen
Nutzen für mich."
„Der Sinn dahinter besteht
darin, Ihre Träume besser zu
verstehen und zu lernen, sie zu
steuern."
„Die Psychologie bezeichnet
dies auch als luzides Träumen."
„Okay, nur bezweifle ich, ob
das so funktioniert."
„Übung macht den Meister."
„Mit der Zeit wird sich der
Erfolg schon einstellen."
„Gibt es sonst noch etwas, was
Sie mit mir heute besprechen
wollen?"
„Nein", antwortete sie.
Sie hatte nicht vor, ihm von
dem Anruf zu erzählen, er war
ohnehin unwichtig.

„In Ordnung", meinte Dr. Klein.
„Die Medikamente vertragen Sie
soweit?"
„Bis auf die Mundtrockenheit
kann ich mich nicht beklagen."
„Wunderbar, dann bis nächste
Woche", sagte er.
Schließlich reichte der Arzt
ihr zum Abschied die Hand.

Nach der Sitzung beschloss
Hanna, noch durch die Stadt zu
schlendern. Sie blickte in die
Auslagen der Schaufenster, eine
grüne Bluse gefiel ihr
besonders gut, aber leider
hatte sie nicht genug Geld
dabei, sodass sie verzichten
musste. Außerdem wollte sie so
schnell wie möglich in ihrem
Wohnzimmer auf der gemütlichen
Couch liegen, denn dies war zur
Zeit einer ihrer Lieblingsorte.

Endlich zu Hause angekommen,
steckte sie den Schlüssel ins
Schloss, öffnete die Tür und

erschrak - die Wohnung glich einem Schlachtfeld. Alle Schubladen waren herausgerissen worden, ferner hatte derjenige, der in die Wohnung eingedrungen war, ihre Sachen rücksichtslos über den gesamten Boden verteilt. Lautlos zog Hanna eine Dose Pfefferspray aus der Manteltasche und trat ängstlich in die Wohnung ein. Nachdem sie sich vergewissert hatte, dass niemand mehr da war, hastete sie zum Telefon, um die Polizei zu rufen.

Der Polizist, der eine viertel Stunde später bei ihr in der Tür stand, schien an die zwei Meter groß zu sein. Er hatte eine angsteinflößende Ausstrahlung, die sie etwas einschüchterte. Unter seiner Uniform zeichnete sich ein muskulöser Körper ab, den Hanna durchaus sexy fand.
„Nun, Sie haben uns wegen eines

Einbruchs angerufen?", fragte der Officer. Dabei untersuchte er gleichzeitig die Tür auf Einbruchsspuren. Er erkannte sofort, dass sie unversehrt war.

"Ja, h-habe ich."

„Wie heißen Sie?"

„Hanna Mooreland."

„Wurde irgendetwas gestohlen?"

„Nein, ich d-denke nicht."

„Alles klar."

„Aber heute Morgen h-habe ich einen merkwürdigen Anruf erhalten."

„Ein Mann rief an und teilte mir mit, er w-wisse, wer für den Unfall verantwortlich sei, bei dem mein Verlobter ums Leben gekommen ist."

„Zuerst habe ich m-mir nichts dabei g-gedacht, aber jetzt frage ich mich, ob es hier möglicherweise einen Zusammenhang geben könnte."

"Ach ja?", erwiderte der Officer und blickte sich

interessiert im Zimmer um.

Neben der ganzen Unordnung, die der Einbrecher hinterlassen hatte, fielen ihm noch mehrere leere Weinflaschen sowie eine Dose mit Psychopharmaka auf. Für ihn ein klarer Fall von zu viel Alkohol in Kombination mit Medikamenten. Einen Augenblick lang dachte er darüber nach, ob er ihr seine Vermutung mitteilen sollte.
Doch dann sagte er: „Miss Mooreland, ich denke, hier scheint alles in bester Ordnung zu sein."
„Sie brauchen sich keine weiteren Sorgen zu machen."
„A-Aber was ist mit diesem Anrufer?"
„Nun, ich denke, das war nur ein schlechter Scherz."
„Wahrscheinlich hat der Witzbold von dem Unfall in der Zeitung gelesen."
„Meinen S-Sie?"

„Es gibt nun mal Spinner, die
machen sich einen Spass
daraus."
„Zerbrechen sie sich nicht
Ihren hübschen Kopf darüber,
wäre Zeitverschwendung!", mit
diesen Worten verabschiedete
sich der Hüne.

Hanna wollte seine Ansicht
nicht teilen. Zu viele Dinge
passten einfach nicht zusammen.
Sie beschloss, Brenda
anzurufen, denn auf ihre
Meinung konnte sie sich immer
verlassen. Ihre Schwester
betrachtete die Dinge häufig
aus einer anderen Perspektive,
was ihr half, neue Aspekte
wahrzunehmen.

Brenda Turkins stand grade im
Keller um die Wäsche in den
Trockner zu räumen, als ihr
Telefon läutete.
Sie zog das Handy aus der
Hosentasche: „Hallo Han ...",

zu mehr kam sie nicht, denn Hanna fiel ihr sogleich ins Wort.

Sie klang sehr aufgeregt, was seit ihrem Unfall dazu führte, dass sie anfing, zu stottern: „K-Kannst du heute noch kommen?"

„Klar, nur was ist denn los mit dir?"

„Bei mir w-wurde eingebrochen!"

„Ich will h-heute Abend einfach nicht alleine sein."

"Oh Gott, das ist ja furchtbar!"

„Hast du die Polizei gerufen?"

"J-Ja habe ich, aber ich hatte nicht den Eindruck, b-besonders ernst genommen zu werden."

„Schwätzer halt!"

„Okay, ich werde heute Abend gegen 19.30 Uhr da sein!"

„Bis bald."

„Danke", antwortete Hanna beruhigt.

Anschließend ging Brenda in die

Küche, setzte einen Kessel Wasser auf und brühte sich einen Tee. „Armes Ding", dachte sie, „sie hat schon so viel durchgemacht."

Nach Brendas Besuch saß Hanna in ihrem Wohnzimmer, der Fernseher lief nebenher. Sie fühlte sich mittlerweile wieder etwas besser. Es hatte ihr sichtlich gutgetan, dass ihr Schwesterherz gekommen war, sie beide waren bereits seit Kindertagen unzertrennlich. Wann immer es ihr schlecht ging, war ihre große Schwester der Fels in der Brandung. Hanna ließ den Tag noch einmal Revue passieren. Der Polizist sowie auch Brenda hatten bestimmt recht und der Anruf ist nur ein böser Streich gewesen. In der heutigen Zeit liefen immerhin mehr als genug Idioten herum, die an so etwas Gefallen fanden. Nach einer halben

Stunde spürte sie, wie ihre Augenlider schwer wurden und sie in einen tiefen Schlaf sank. Als sie schlummerte, bemerkte sie jedoch nicht, wie sich leise die Zimmertür öffnete.

Jemand trat dicht an sie heran und zischte, „Wir werden dich noch fertig machen!", dann schlich sich der Unbekannte leise davon.

Es waren bereits einige Wochen vergangen, seitdem Hanna diesen mysteriösen Anruf erhalten hatte auch der Einbruch war mittlerweile so gut wie vergessen.

„Zum Glück!", dachte sie, ging es wieder aufwärts. Nach all der harten Zeit schien wenigstens ein Licht am Ende des Tunnels zu scheinen. Deshalb wollte sie sich heute Mittag wieder mit ihrer besten Freundin treffen, die sie lange

nicht mehr gesehen hatte. Etwas
Abwechslung konnte ja nie
schaden.

Während sie das Restaurant
betrat, war Lilly schon da und
nippte verträumt an ihrem
Eiskaffee ihr rotbraunes
geflochtenes Haar glänzte
golden in der Sonne. Hanna
setzte sich, ihr gegenüber hin
und ihre Busenfreundin begann
sie sogleich eindringlich zu
mustern.
„Du siehst gut aus", stellte
Lilly fest.
„Danke für das Kompliment."
Eine untersetzte Kellnerin kam
nach ein paar Minuten an ihren
Tisch und fragte Hanna: „Was
darf ich Ihnen bringen?"
„Einen Salat mit Putenbrust mit
einem zuckerfreien Eistee
bitte", antwortete sie.
„Kommt sofort."
„Wie ist es so für dich, wieder
zu arbeiten?", startete Lilly

die Unterhaltung neugierig.

„Ganz gut soweit.

„Manchmal jedoch fühle ich mich noch oft überfordert, aber ich bin froh, dass die Albträume nachgelassen haben."

„Glaub' ich dir."

„Wie sieht es bei dir so aus?"

„Wirklich gut!"

„Vor einem Monat habe ich einen neuen Job bei der Zeitung in der City angetreten."

„Oh, das ist toll!"

„Ja, ich habe auch ewig gesucht, bis ich die passende Stelle entdeckt hatte."

Unterdessen kam die Kellnerin schnaufend mit dem Salat zurück, man merkte deutlich, dass sie nicht mehr die Jüngste war.

„Lass es dir schmecken, der sieht echt lecker aus, vielleicht nehme ich auch so einen."

„Warum nicht!", stimmte Hanna zu.

Dann nahm sie einen großen
Bissen und ließ den cremigen
süßsauren Geschmack auf ihrer
Zunge tanzen.

Nachdem sie mit dem Essen
fertig waren, lief Hanna zu
ihrem Auto zurück. Am
Scheibenwischer klebte ein
Stück Papier.
„Mist, nicht schon wieder ein
Strafzettel!", murmelte sie
entnervt.
Doch als sie ihn las, drohten
ihr die Knie weich zu werden:
„Warum sind Sie nicht gekommen?",
stand in handgeschriebenen
Buchstaben darauf. Hastig
steckte sie den Zettel in die
Henkeltasche. Ihre Hände
zitterten wie Espenlaub, sie
schaffte es grade noch, die
Autotür zu öffnen, auf den
Autositz zu fallen und den
Motor zu starten. Mit aller
Kraft trat sie aufs Gaspedal
und nahm kaum wahr, dass sie

beinahe mit einem Omnibus kollidiert wäre.

„Ja, ja, ich komme schon!", rief Brenda und erhob sich mühsam aus dem Schaukelstuhl, in dem sie gerade eben eindöste. Sie schlurfte zur Tür, schaute durch den Spion, drückte die Klinke herunter und erblickte eine völlig aufgelöste Hanna.
Sie stammelte: „J-jemand hat mir diesen Z-Zettel an den Scheibenwischer g-geklemmt." Aufgeregt wühlte sie in ihrer Tasche, doch so sehr sie auch suchte, das Stück Papier war einfach nicht mehr auffindbar.
„D-das kann doch n-nicht sein!"
„Was ist denn?"
„Der Z-Zettel war eben n-noch hier u-und jetzt ist e-er weg."
Brenda schaute sie mit ihren grünen Augen besorgt an.
„Könnte es sein, dass sie doch noch nicht wiederhergestellt

ist?", fragte sie sich.

In den ersten Monaten nach dem Unfall war Hanna oft durcheinander gewesen. Überdies hatte sie damals mit erheblichen Gedächtnisproblemen zu kämpfen gehabt. Einzig ihrer guten Freundin Lilly hatte sie es zu verdanken, dass sie einen Arzt fand, der bereit war, es mit all diesen Problemen aufzunehmen.

„Setz dich erst mal, ich mache uns einen Tee."

„Danach können wir gemütlich miteinander plaudern."

Hanna nahm auf der lila Couch Platz. Sie sah sich um und stellte fest, dass Brenda nach wie vor nicht alle Umzugskartons ausgepackt hatte. Ihre Schwester wohnte bereits seit einem Monat hier, da sie sich von ihrem Mann getrennt hatte. Brenda kam mit einem Tablett zurück, auf dem eine Porzellankanne sowie zwei

Tassen standen. Sie nahm einen der Untersetzer, um ihn auf den Tisch zu legen, stellte das Tablett langsam ab und schenkte den Tee ein.

„Also", begann sie.

„Erzähl mal, was ist passiert?"

„Ich h-habe mich heute mit L-Lilly zum Essen getroffen, wir waren im Grill House."

„Als ich d-danach zum Auto ging, hing ein Z-Zettel an meinem Scheibenwischer mit der Nachricht, dass er auf mich gewartet hätte."

„Wer hat auf dich gewartet?", Brenda trank einen Schluck Tee.

„Der T-Typ, der mich a-angerufen hat."

„Ich habe d-den Zettel dann e-eingesteckt, um ihn dir zu zeigen, und jetzt ist er plötzlich verschwunden", erklärte sie aufgeregt.

„Aber wie konntest du ihn verlieren, wenn du ihn doch eingesteckt hattest?"

„I-Ich weiß es n-nicht."

„Vielleicht w-wurde er aus der T-Tasche entfernt, während ich sie im Parkhaus kurz abgestellt habe."

„Okay, wäre denkbar."

„Merkwürdig finde ich dies aber schon."

„Bist du dir wirklich sicher, dass die Fantasie nicht mit dir durchgegangen ist?"

„Ja, b-bin ich", seufzte Hanna resigniert.

„Na gut", meinte Brenda, da sie wusste, dass es sowieso sinnlos war ihre Schwester vom Gegenteil überzeugen zu wollen.

Gleich nachdem Hanna gegangen war, trug sie den Abwasch in die Küche. Die Geschichte kam ihr reichlich seltsam vor. „Vielleicht sollte ich sie mehr im Blick behalten", erwog Brenda. Sie machte sich große Sorgen wegen der Sache.

Lilly lag unterdessen im Bett neben ihm. Sie bekam kein Auge zu, starrte an die Decke und lauschte seinem Schnarchen. Nicht dass es sie besonders gestört hätte, nein, dies war nicht der Grund, weshalb sie keinen Schlaf finden konnte.

„Ist es wirklich richtig, was wir tun?"

„Falls es rauskommt, werden wir für Jahre hinter Gitter wandern", befürchtete sie.

Er hingegen hatte die Überzeugung, dass alles glattgehen würde.

„Warum sollte etwas schiefgehen?"

„Sobald die erst mal weg ist, sind wir frei", glaubte er.

„Wieso mussten Hanna und David auch ausgerechnet an diesem Abend dort sein!"

„Wenn sie sich doch nur nicht mit ihm gestritten hätte,...

„Stopp, du musst mit den Grübeleien aufhören!"

„Es hat keinen Sinn, es ist
ohnehin nicht mehr zu ändern",
flüsterte sie in die
Dunkelheit.
Sie stand auf, um ins Bad zu
gehen. Lilly spritzte sich
kaltes Wasser ins Gesicht, um
sich abzukühlen, danach ging
sie zurück ins Bett. An seinem
Atmen konnte sie erkennen, dass
er nicht mehr im Tiefschlaf
war.
Sie legte ihren Kopf auf seine
Schulter: „Ich kann nicht
schlafen."
„Warum?", er gähnte ausgiebig.
„Du weißt, warum, wegen dem,
was passiert ist."
„Wir haben dies doch tausende
Male durchgekaut!", er schaute
sie gereizt an.
Lilly lief innerhalb von
Sekunden rot an.
„Mir egal!", schrie sie fast.
„Wenn etwas schiefgeht, sitzen
wir beide in der Scheiße!"
Heiße Tränen liefen über ihre

Wangen.

Nun wurde sein Blick sanfter. Mit beschwichtigender Stimme sprach er weiter: „Mach dir keine Sorgen!"

„Ich hab doch alles im Griff."

„Irgendwann wird die Tussi zusammenbrechen."

„Dann landet sie entweder in der Psychiatrie oder nimmt sich das Leben, je nachdem", er lächelte boshaft.

„Dein Wort in Gottes Ohr", entgegnete sie.

„Ich hoffe bloß, dass du recht behältst, denn ich möchte lieber nicht erleben, was passiert, wenn es schief gehen sollte."

„Jetzt mach dir mal nicht so viele Gedanken, es wird alles gut werden!", dann drückte er sie zur Bestätigung fest an sich.

Es hatte fast den Anschein, als ob er versuchen wollte, mit dieser Geste all ihre Zweifel zu beseitigen.

Noch etwas Gelb. „Ja so sieht es toll aus", fand Brenda. Das Bild war fast fertig, die nächste Vernissage würde bestimmt ein Erfolg werden. Sie musste es einfach schaffen, aus den, roten Zahlen heraus zu kommen.
„Dieses Jahr wird bestimmt besser laufen!", sagte sie laut zu sich selbst.
Gleich erwartete sie ihren nächsten Kunden, Dr. Klein. Es war irgendwie merkwürdig, den Arzt ihrer Schwester zu porträtieren, aber warum nicht. Er hatte vor, das Bild im Wartezimmer seiner Praxis aufzuhängen.
Es läutete, „Pünktlich auf die Minute", dachte sie.

„Sind Sie gut durch den Verkehr gekommen?", fragte sie ihren Gast und nahm ihm den Mantel ab.

„Selbstverständlich, wie immer, wenn ich zu Ihnen komme!",
der Doktor setzte ein charmantes Lächeln auf.

„Sie Charmeur!"

„Nehmen Sie bitte auf der Bank Platz und halten Sie die Position!", sie nahm den Pinsel sowie die Palette wieder in die Hand.

„Wird gemacht."

Er setzte sich mit leicht nach rechts gedrehtem Oberkörper hin, wahrlich keine angenehme Haltung.

Brenda stellte fest, dass er sehr locker wirkte, so ganz anders, als ihn Hanna beschrieb. Sie tauchte den Pinsel in die Farbe und begann zu malen. Während sie arbeitete,
überlegte sie, einen kurzen Moment mit ihm über Hanna zu sprechen. Dass er der Schweigepflicht unterlag, war

freilich klar, jedoch machte
sie sich einfach Gedanken.
„Ich würde die Gelegenheit
gerne nutzen, um mit Ihnen
etwas zu besprechen", fing sie
die Unterhaltung an.
„Ich bin ganz Ohr, um was geht
es denn?"
„Um meine Schwester."
„Sie wissen, dass ich der
ärztlichen Schweigepflicht
unterliege?"
„Ich weiß", antwortete sie
verlegen, „Allerdings habe ich
die Befürchtung, dass Hanna
allmählich dabei ist, den Sinn
für die Realität zu verlieren."
Der Arzt wurde hellhörig: „Was
genau meinen Sie damit?"
„Meine Schwester fühlt sich
verfolgt."
„Sie ist davon überzeugt,
jemand würde ihr nachstellen,
jemand, der etwas mit dem
Unfall zu tun hat."
„Ich bin erstaunt, dies zu
hören."

„Ich hatte bisher nicht den Eindruck, dass bei ihr eine wahnhafte Störung vorliegt."
„Ich habe auch nicht behauptet, dass es so ist", meinte Brenda beschwichtigend.
Von draußen war ein sachtes Plätschern zu hören. Es hatte angefangen zu regnen und eine entspannte Atmosphäre erfüllte nun den Raum.
„Verstehe."
„Ich könnte Ihre Schwester beim nächsten Termin einmal darauf ansprechen, wenn Sie es wünschen."
„Das würde mich sehr beruhigen."
„Aber", entgegnete Brenda hastig, „Sagen Sie ihr auf keinen Fall, dass ich mit Ihnen gesprochen habe!"
„Nein."
„Machen sie sich darüber mal keinen Kopf."
„Danke", erwiderte Brenda mit hörbarer Erleichterung.

Die Falle wird aufgestellt!

Tick tack tick tack! Bereits ein so unscheinbares Geräusch wie das Ticken der Uhr ging Hanna nur noch auf die Nerven. In jeder Minute musste sie daran denken, wie das Telefon erneut klingelte und anschließend dieser Kerl dran ist.

Vor einigen Wochen glaubte sie noch, dass es sich nur um einen harmlosen Telefonstreich gehandelt hatte, doch mittlerweile hatte sie abermals den Eindruck, in einem Albtraum gefangen zu sein nur, dass er sich dieses Mal in der Realität abspielte.

Die Anrufe ließen sich zu Beginn noch problemlos ignorieren.

Doch nach einer Weile änderte sich der freundliche Ton des

Stalkers und heftige Beschimpfungen wie: „Du Schlampe!", oder, „Ich werde dich umbringen!", waren inzwischen an der Tagesordnung… Das Bitterste für sie jedoch war, dass ihr Brenda keinen Glauben mehr schenkte. Sie sprach es zwar nie direkt aus, doch ihr Verhalten sagte alles. Jedes Mal wenn sie mit den Augen rollte, sobald Hanna mit ihr darüber reden wollte, versetzte es ihrem Herzen einen kleinen Stich. Zu all dem hatte Lilly immer mehr damit begonnen sich von ihr zurückzuziehen, was sie sehr traurig machte. Der Drecksack, der sie verfolgte, hinterlies seine Nachrichten in der Regel gerne am Scheibenwischer manchmal, aber auch im Briefkasten oder an der Wohnungstür. Sie hätte Brenda die Botschaften gerne gezeigt, doch es war wie verhext: Immer wenn sie dies vorhatte, waren die Zettel wie vom Erdboden verschluckt. Es war, im wahrsten Sinne des Wortes, zum verrückt werden. „Na ja egal, wie dem auch sei", dachte sie, „Heute muss ich jedenfalls wieder zu diesem Psychiater und es wird Zeit, dass ich mich auf die Socken mache, sonst komme ich noch zu spät."

Auf dem Weg zu ihrem Termin saß vor ihr im Bus ein Mann, der sie mit einem durchdringenden Blick andauernd ansah. Unter anderen Umständen hätte sie sich darüber keine Gedanken gemacht, doch nun fragte sie sich automatisch, ob er derjenige war, der ihr seit Wochen nachstellte. Als der Bus stehen blieb und sie aussteigen konnte, spürte sie deutlich wie ihr eine Last von den Schultern fiel.

Am Ziel angekommen, schritt Hanna ins Wartezimmer und setzte sich auf einen der sehr bequemen Stühle. Die Sekretärin tippte unterdessen stoisch weiter auf ihrer Schreibmaschine. Sie fand es seltsam, dass jemand in der heutigen Zeit noch eine Schreibmaschine benutzte. Offenbar hatte Dr. Klein einen Sinn für Nostalgie. Die ganze Praxis war in diesem Stil eingerichtet, was ihr von der ersten Minute an sehr gefiel. Es strahlte einfach eine gewisse Ruhe aus. Nach einer viertel Stunde teilte ihr die Sekretärin mit, dass sie nun ins Sprechzimmer kommen könnte.

Sie nahm wieder in dem braunen Sessel Platz. Dr. Klein sah sie kurz an, während er noch etwas in der Akte notierte. Schließlich begann er wie immer mit der wichtigsten Frage: „Wie

geht es Ihnen denn heute?"
Hanna überlegte, was sie
antworten sollte, dann sagte
sie: „Mir geht es gut."
„Tatsächlich?", hakte er nach
und schaute mit einem
skeptischen autoritären
Gesichtsausdruck zu ihr
hinüber.
Sie blickte auf den Boden und
fühlte sich ertappt.
„Ja, Sie haben recht", sie nahm
all ihren Mut zusammen.
„I-Ich werde seit Wochen v-
verfolgt", gestand sie.
„Ich habe mit Ihnen b-bisher
nicht darüber gesprochen, weil
ich m-meinte, dass Sie mir bei
diesem Problem sowieso nicht
helfen können."
„Nun, vielleicht könnten Sie es
mich ja einfach mal versuchen
lassen", er lehnte sich
gemütlich in seinen Chefsessel
zurück.
„Berichten Sie mir doch mal,
was vorgefallen ist."

„Also, ich weiß gar nicht, wo ich anfangen soll."

„Es i-ist circa acht Wochen her, d-da erhielt ich morgens einen Anruf von einem Fremden."

„Er erzählte m-mir, dass er den U-Unfallverursacher kenne und sich deswegen gerne mit mir treffen würde."

„Ich war natürlich völlig perplex", sie stockte.

Dann redete sie weiter: „D-Doch noch bevor ich ihn fragen k-konnte, mit wem ich denn das Vergnügen hätte, legte der Typ einfach auf!", sie trank zwei Schluck Wasser.

Ihre Kehle fühlte sich wie Schmirgelpapier an: „Aber", sie machte erneut eine Pause, „Das ist n-noch nicht alles."

„Als ich an d-diesem Tag nach Hause kam, f-fand ich meine Wohnung komplett verwüstet vor."

„Das hört sich alles sehr schlimm an", meinte er

mitfühlend.

„Ja, wie ich zu Anfang b-
bereits erwähnte, werde ich s-
seitdem mit Anrufen sowie
schriftlichen Nachrichten
gestalkt."

„Zu Beginn w-war alles noch
recht harmlos, d-doch
inzwischen ist es zum reinsten
Horror geworden!"

Hanna sackte zusammen wie ein
Häufchen Elend.

„Es ist verständlich, dass Sie
so empfinden, haben Sie bereits
die Polizei informiert?"

„Na k-klar! Nur hat mir die P-
Polizei erklärt, sie könnten
nichts unternehmen."

„Gibt es irgendetwas, was ich
für Sie tun kann?"

„Nett, d-dass Sie fragen, a-
aber ich wüsste nicht, was Sie
tun könnten."

„Wie schlafen Sie denn so?"

„Den U-Umständen entsprechend
schlecht."

„In dem Fall würde ich

vorschlagen, wir probieren es einmal mit Zopiclon."

Dr. Klein zückte seinen Rezeptblock. Hanna war davon nicht sehr begeistert, denn Psychopillen waren für sie nichts anderes als Drogen. Nach ihren letzten Erfahrungen konnte sie außerdem gut darauf verzichten.
„Nehmen Sie vor dem Schlafengehen eine Tablette", wies er sie an dann übergab er ihr das Rezept.
Mit großem Widerwillen nahm sie es schließlich entgegen.

Als sein letzter Patient an diesem Tag die Praxis verlassen hatte, zog Tom seinen Mantel über und ging ins Vorzimmer, um sich von Glenda zu verabschieden. „Bis morgen", sagte er im Vorbeigehen im Anschluss verschwand er mit raschen Schritten aus der Tür.

Unten auf der Straße wartete eine Frau auf ihn, die einen lila Regenschirm in ihrer linken Hand hielt.

Tom sah Lilly verblüfft an, dann fragte er freudig: „Wieso bist du hier?"
„Ich bin einkaufen gewesen und da deine Praxis auf dem Weg lag, dachte ich, ich komme einmal vorbei um nach dir zu sehen", sie legte ihre Arme auf seine Schultern.
Er erwiderte die Umarmung zärtlich.
„Wie läuft's eigentlich mit unserem Plan?", wollte Lilly wissen.
„Ich kann mich nicht beklagen, wir kommen voran, nur sollte es langsam in Phase Zwei übergehen."
„Das heißt, jetzt bin also ich an der Reihe."
„Exakt", erwiderte er.

„Okay, aber ich habe kein gutes Gefühl bei der Angelegenheit."
„Das kann ich verstehen", meinte er und schaute sie verständnisvoll an.
"Jedoch haben wir keine andere Wahl, also sei ein braves Mädchen!"
Er gab ihr einen leichten Klaps auf den Hintern, Lilly kicherte verschmitzt.
„Hey, nicht so stürmisch der Herr, du wirst später noch genug Gelegenheit dazu haben, mir den Allerwertesten zu versohlen!", sie küsste ihn leidenschaftlich zum Abschied.
Anschließend lief sie zu ihrem schwarzen Camaro, den sie im Halteverbot geparkt hatte.

Im Auto holte Lilly ihr Handy aus dem Handschuhfach. „Zeit, eine alte Freundin anzurufen", dachte sie daraufhin wählte sie die Nummer.
Nachdem es ungefähr zehnmal

geklingelt hatte, meldete sich
endlich Hanna.
Mit gedämpfter Stimme fragte
sie: „Wer ist da?"
„Ich bin's, Lilly!", sie
versuchte, besonders
schmeichelhaft rüberzukommen.
Am anderen Ende der Leitung war
ein erleichtertes: „Gott sei
Dank", zu hören.
„Hättest du Lust, mal wieder
was zu unternehmen?"
Hanna antwortete erst nach
einigem Zögern: „Ich weiß
nicht, ich bin ziemlich müde."
„Ach, komm schon, gib dir einen
Ruck, es wird bestimmt lustig
werden!"
Da Lilly nicht aufhörte sie zu
bedrängen willigte sie
widerstrebend ein.
Hanna konnte eine gewisse
Verärgerung nicht unterdrücken:
„Erst meldet sich die dumme Kuh
über Wochen überhaupt nicht und
auf einmal will sie ausgehen."
„Ich sollte am besten zuhause

bleiben und sie sitzen lassen",
murmelte sie sehr leise.
„Super, wir treffen uns in der
Chocolate Bar so gegen 20 Uhr?"
„Gut, meinetwegen!", der
grimmige Unterton war diesmal
kaum zu überhören, schließlich
legte sie auf.

Vor der Bar rauchte Lilly
gemütlich eine Zigarette.
Jemand stupste sie von der
rechten Seite an. Sie zuckte
zusammen, drehte den Kopf in
die Richtung und erblickte ihre
„beste" Freundin.
„Musst du dich so
anschleichen!", schnauzte sie
leicht empört.
„Nein, muss ich nicht, aber du
hattest nach deiner langen
Abwesenheit eine kleine Strafe
verdient!", entgegnete Hanna
amüsiert.
„Okay, lass uns rein gehen!",
meinte Lilly.
Darauf gingen sie beide ins

Lokal.

Die Chocolate Bar war nicht nur vom Namen her außergewöhnlich, nein, ihr Name war schlicht Programm. Dort gab es nicht nur verschiedene Cocktails oder Drinks mit Schokolade, sondern sogar Bier. Ja selbst das Essen wurde mit der süßen Köstlichkeit verfeinert. Es wurde einfach alles geboten was das Herz eines Chocoholic höherschlagen lies. Die beiden setzten sich an einen Tisch, der nicht direkt in Fensternähe war. Als nach einer gefühlten Ewigkeit der Kellner kam, wählte Hanna eine heiße Schokolade mit geschlagener Schokosahne sowie einem karamellisierten Apfel am Stiel obendrauf. Lilly indessen entschied sich für ein Bier. „Wie wär's, wenn wir uns das Fondue bestellen?", schlug Lilly vor.

„Ich habe doch bereits die heiße Schokolade", meinte Hanna unentschlossen.

„Bitte!", sie schaute sie bettelnd an.

„Na gut, du hast mich überredet!", dann riefen sie nochmals die Bedienung.

Nach einer Weile merkte Hanna, wie ihre Blase zu drücken begann, da sie nach dem Kakao noch einen Cocktail genommen hatte.

„Du, ich muss mal für kleine Mädchen!", sie schob den Stuhl nach hinten, um aufzustehen.

„Das wurde auch langsam Zeit", meinte Lilly. Anschließend vergewisserte sie sich, dass Hanna nicht mehr in Sichtweite war. Daraufhin zog sie ein kleines braunes Papiertütchen aus der Jeansjacke, um den Inhalt namens: Amanita muscaria, auch Fliegenpilz genannt, in ihren Drink zu mixen. Die Dosis war selbstverständlich nicht tödlich, sie sollte dem Flittchen nur einen unvergesslichen Trip bescheren plus einem Aufenthalt in der Klapsmühle. „Zum Wohl!", Lilly rührte zügig um.

„Nun wirst du uns keinen Ärger mehr machen können!", sagte sie leise.

Es dauerte nicht lange, bis Hanna wieder von der Toilette zurückkam. Sie setzte sich auf ihren Stuhl und trank einen Schluck.

„Der Cocktail schmeckt irgendwie komisch."

„Findest du?"

„Warum sollte er denn komisch schmecken?", Lilly verzog keine Miene.

„Keine Ahnung, allerdings wenn ich es nicht besser wüsste, würde ich sagen, er schmeckt nach Pilzen."

„Ach was, das kommt dir nur so vor!"

„Kann sein", sie stellte das Glas ab.

„Wie dem auch sei, ich denke, ich lasse den Rest besser stehen."

„Deine Entscheidung!", Lilly schaute auf die Uhr, „Es ist schon spät, ich denke, es wird langsam Zeit heimzugehen."

„Oh ja, du hast recht, lass uns gehen", Hanna gähnte erschöpft, „Ich sehne mich längst nach meinem Bett."

Daheim angekommen, beschloss Hanna, noch etwas fernzusehen. Sie hielt die Fernbedienung und schaltete gedankenlos durch sämtliche Kanäle. Auf einmal glaubte sie, aus dem Augenwinkel heraus einen Schatten wahrzunehmen. Sie richtete sich ruckartig auf und blickte in die Ecke, doch außer der geblümten Tapete konnte sie nichts erkennen. Sie lehnte sich abermals zurück, um weiter der Show zu folgen. Während sie zur Ruhe kam, spürte sie plötzlich, wie sie an den Haaren gezogen wurde. Gleichzeitig legten sich eiskalte Hände um ihren Hals und begannen, sie zu würgen. Sie röchelte und versuchte verzweifelt mit aller Kraft, dem Würgegriff zu entkommen. Hanna schlug mit ihren Armen heftig um sich, landete aber dennoch keinen Treffer. Doch dann so abrupt wie der Angriff begonnen hatte, war alles wieder vorbei. Nach einiger Zeit beruhigte sich Hannas Atmung. Sie ergriff den Baseballschläger, den sie in direkter Nähe aufbewahrte und nahm eine kampfbereite Haltung ein. Jeder Muskel in ihrem Körper stand unter extremer Spannung, sodass ihre Fingerknochen unter der Haut sichtbar wurden. In der Wohnung herrschte absolute Stille. Sie meinte schon, dass sie alles nur geträumt hatte, doch schlagartig erschien eine schwarze Gestalt direkt vor ihr, die bis zur Decke reichte. „Verliere ich den Verstand oder geschieht dies wirklich?", fragte sie sich selbst. Es wirkte alles so surreal. Hinter der Gestalt kamen anschließend noch zwei weitere Gestalten hervor, die sie nun fest an den Armen packten. Sie hatte keine Chance sich zu befreien, egal wie sehr sie sich auch wehrte. Danach spürte sie einen Stich, der sich wie der von einer Nadel anfühlte. Schließlich versank Hanna in Dunkelheit.

Aufgrund ihrer Halluzinationen hatte sie nicht mehr mitbekommen, wie sie auf die Straße gelaufen war. Ein Nachbar der ihren Zustand erkannte, verständigte darauf die Polizei.

Eingewiesen

Als Hanna erwachte, dauerte es
ein paar Sekunden, bis sie
wieder klar sehen konnte. Sie
versuchte aufzustehen, konnte
es aber nicht, da ihre Arme am
Bett angebunden waren. Sie
schaute sich um und stellte
fest, dass sie in einem
Krankenzimmer lag. Neben ihr
schnarchte eine hagere Frau mit
ungepflegten schwarzen Haaren.
"Wie bin ich nur hier
hergekommen?", fragte sie sich
verwundert.
Eine halbe Stunde später kam
eine noch recht junge
Krankenschwester ins Zimmer sie
schritt auf Hanna zu und löste
die Fesseln.
„Wir mussten Sie leider
fixieren, denn Sie haben um
sich geschlagen."

„Was ist geschehen?", wollte Hanna wissen.

„Nachher werden Sie zum Arzt gebracht, dann können sie alles mit ihm besprechen", erklärte die Schwester und verließ sogleich das Zimmer.

Ihre Bettnachbarin schien durch die Unterhaltung aufgewacht zu sein. Sie blickte Hanna an. Ihre dunklen Augen waren eingefallen und verschwanden in tiefen Höhlen.

Dann begann sie, drauflos zu quatschen: „Mein Name ist Polly Gunter, deinen Namen kenne ich schon, er steht am Bett."

„Wie ich sehe, haben sie dich befreit, ich bin übrigens hier, weil die Stimmen in meinem Kopf nicht schweigen können."

Also nicht zum ersten Mal und du?"

„Einen Augenblick!", unterbrach sie Hanna, „In welchem Krankenhaus sind wir denn eigentlich?"

„Im Mountclaire Mental Hospital", erwiderte Polly gelassen.
Erst jetzt stellte sie fest, dass die Fenster vergittert waren.

„Mein Name ist Schwester Carla, ich werde Sie nun zum Arzt bringen!"
Eine ältere Schwester mit grauen Strähnen im Haar stellte einen Rollstuhl vor sie hin.
„Würden Sie sich bitte reinsetzen? Das ist Vorschrift, solange Sie sich in der Überwachung befinden."
Hanna nahm ohne Begeisterung in dem Ding Platz. Darauf band die Schwester einen Gurt um sie, der von hinten geschlossen wurde.
„Ist das denn wirklich notwendig?", fragte sie schüchtern nach.
„Wie ich zuvor bereits erwähnte: Sie befinden sich in

der Überwachung", die Schwester machte dies auf eine Art und Weise deutlich, die durchblicken ließ, dass keinerlei Widerspruch geduldet wurde.

Der Flur der Klinik machte keinen besonders einladenden Eindruck, er war sehr düster und an den Wänden splitterte die Farbe ab. Während sie nach rechts zum Aufzug abbogen, kamen ihnen zwei Pfleger entgegen, die auf einer Bahre einen Mann vor sich her schoben. Er wirkte leblos, nur seine leicht rosigen Wangen verrieten, dass dem nicht so war. Hanna wandte hastig ihre Augen von der Szene ab.

Im Aufzug drückte die Schwester den dritten Knopf von oben. Auf der Etage angekommen, wandten sie sich nach links und blieben vor der fünften Tür stehen.

Neben der Tür war ein kleines Schild angebracht, auf dem stand: „**Untersuchungsraum 02**". Hanna wurde vor dem Untersuchungstisch abgestellt. Nach ein paar Minuten betrat ein Arzt mit kurzen blonden Haaren das Behandlungszimmer. Er stellte sich vor: "Ich bin Dr. Alexander."
Die Schwester löste den Gurt hinter dem Rollstuhl. Dann setzte Hanna sich auf die Untersuchungsliege.
„Bleiben Sie bitte aufrecht sitzen", bat der Arzt, dabei leuchtete er mit einer kleinen Lampe in ihre Augen. Zudem zog er einen Reflexhammer aus einer der drei Schubladen, dann prüfte er ihre Reflexe an Knien sowie Füßen. Danach forderte der Arzt sie noch dazu auf, sich mit geschlossenen Augen an die Nase zu fassen.

Als der Doktor die körperliche

Untersuchung beendet hatte, nahm er vor dem PC Platz, tippte etwas ein und wandte sich wieder ihr zu: „Ich muss Ihnen jetzt noch ein paar Fragen stellen."

„Okay", antwortete sie.

„Sind irgendwelche Geisteskrankheiten in Ihrer Familie bekannt?"

„Nein, nicht, dass ich wüsste."

„Trinken Sie Alkohol oder konsumieren Sie Drogen?", der Arzt schmunzelte.

„N-Natürlich nicht!", Hanna klang deutlich empört.

„Gut, dann sind wir hier fertig", sagte Dr. Alexander desinteressiert.

„Übrigens", fuhr er fort, „haben wir bereits mit Dr. Klein telefoniert und sind übereingekommen, dass es nicht verkehrt wäre, wenn Sie erst mal zwei Wochen zur Beobachtung hier bleiben würden."

Für Hanna waren diese Worte ein
Schlag in die Magengrube. Sie
hatte fest damit gerechnet,
sofort nach Hause zu können.
Bis zum jetzigen Zeitpunkt
wusste sie ja nicht einmal, wie
sie überhaupt hierher gekommen
war: „Ich w-wüsste nicht, wozu
dies n-notwendig sein sollte,
ich b-bin geistig völlig
gesund!"
„Okay, aber wir wollen dennoch
auf Nummer sicher gehen, dass
es keine weiteren Probleme
geben wird."
„Es ist nur zu Ihrem Besten",
ergänzte der Doktor und verließ
den Raum.

Zum Essen wurde ein
Bohneneintopf serviert, der
große Ähnlichkeit mit
Erbrochenem hatte.
„Oh Gott, das soll ich essen?",
Hanna hätte am liebsten
gefastet. Doch aus Angst
aufzufallen, aß sie brav den

Teller leer. Ihre Bettnachbarin saß neben ihr und führte die ganze Zeit Selbstgespräche. Am liebsten hätte Hanna sie deswegen laut angeschrien und ihr gesagt, dass sie endlich mal die Klappe halten soll. Nur wäre dies mit Sicherheit keine sehr gute Idee gewesen, also riss sie sich zusammen. Auch wenn sie erst einige Stunden hier war, durfte sie bereits miterleben, was geschah, wenn man aus der Reihe tanzte. Zwei Pfleger hielten sich zusammen mit ihnen im Raum auf, so war es nicht außergewöhnlich schwer, sich wie im Knast zu fühlen. Kurz zuvor hatten die beiden Bullen zudem einen Mann niedergeschlagen und in das Isolierzimmer verfrachtet, wo er gerade eben seine Zeit verbringen musste.

Nach dem Abendessen wurde der Aufenthaltsraum geöffnet. Dort stand ein großer Flachbildschirm nebst diversen Sitzgelegenheiten. Einer der Pfleger schaltete das Gerät ein. Es lief die Serie „Liebe und Leidenschaft", eine Seifenoper, der Hanna nicht viel abgewinnen konnte. Jedoch war es besser, vor der Flimmerkiste zu sitzen, als die ganze Zeit im Zimmer zu verbringen und die Wand anzustarren. Auf der linken Seite befand sich ein Billardtisch, an dem drei Männer spielten. Sie hießen Martin, Andy und Tyler. Martin bedeckte sein Gesicht ständig mit einem Tuch, bei Andy hingegen fiel ihr besonders auf, dass er sehr vorlaut war. Für Morgen hatte Brenda ihren Besuch angekündigt, was in ihr ein Gefühl der Hoffnung auslöste: „Vielleicht kann ich mit ihrer Hilfe hier raus kommen!", hoffte sie, „

Immerhin bin ich nicht verrückt!"

Lilly saß zur selben Zeit auf dem Schreibtisch direkt vor ihm, ihre Beine waren übereinandergeschlagen, mit ihren Zehen spielte sie an seiner Krawatte herum, anschließend wanderten sie nach unten zu seinem Schritt. Tom begann, erregt zu stöhnen. Er zog sie an sich und küsste sie. Seine Hand wanderte derweil unter ihre Bluse, sanft löste er den Verschluss ihres Büstenhalters. Sie legte den Kopf zurück, dann setzte sie sich auf seinen Schoß. Lilly spürte, wie sein Penis hart wurde.
„Zum Glück sind wir die los", meinte sie sehr erleichtert. Sie knetete sanft seine Eichel, er stöhnte erneut.
„Ja", erwiderte Tom und reichte ihr eine Portion Pilzpulver,

„Aber wir sind noch nicht fertig, also erledige was ich dir aufgetragen habe!".
Dies erwähnte er auf sehr herrische Weise mit einem heftigen Stoß drang er darauf verlangend in sie ein. Lilly stieß einen leisen schmerzverzerrten Schrei aus, zugleich überwältigte sie die Lust. Nachdem sie miteinander geschlafen hatten, schob sie wieder ihr hellbraunes Kleid herunter und steckte das Tütchen in die Tasche.

Geschlossene Gesellschaft

Brenda atmete tief durch. Sonnenstrahlen fielen auf das Herbstlaub und ließen es golden schimmern. Die beiden hatten beschlossen, einen Spaziergang im Klinikpark zu machen, um frische Luft zu schnappen. Hanna schaute währenddessen teilnahmslos drein. Brenda vermutete, dass die Medikamente sie stark sedierten.

Nach einer Weile fing Hanna an zu sprechen: „Du musst mir helfen, hier raus zu kommen!"

Brenda blieb stehen und blickte sie hilflos an: „Wie soll ich das denn machen?"

Hannas Gesichtsausdruck wurde nun wacher: „Überzeuge die Ärzte davon, dass ich nicht verrückt bin!"

„H-Hilf mir, den Verantwortlichen für D-Davids Tod zu finden, damit ich ihn zur Strecke bringen kann."

„Okay, nur, wie soll ich das anstellen?"

„Keine A-Ahnung, lass dir halt w-was einfallen!"

„Ich werde schauen, ob ich etwas bewirken kann, aber versprechen kann ich dir nichts!"

Brenda lehnte ihre Bitte nicht ab, da ihr dies von Dr.

Alexander empfohlen worden war.

Als Brenda ging, zog sich Hanna wieder auf ihr Zimmer zurück. Zuvor musste sie jedoch noch zur Medikamentenausgabe. Die Pille schluckte sie aber nie runter, sondern behielt sie so lange in der Wangentasche, bis sie sie im Bad in die Toilette spucken konnte. Daraufhin legte sie sich in das recht harte Bett, zog die Decke bis über ihren Kopf und drehte sich auf die Seite.
„Hoffentlich hat Brenda Erfolg!", Hanna sprach noch ein kleines Notgebet, ehe sie einschlief.

„Sei still!", meinte Martin aufgebracht, seine blauen Augen funkelten wütend.
„Warum regen Sie sich auf?", fragte Dr. Miller nach.
„Weil ich es satthabe, von ihm immer so provoziert zu werden."

„Wieso?", entgegnete Andy, „Du hast doch auch ein riesen Nashorn in deinem Gesicht.", er grinste, dabei kam seine Zahnlücke zum Vorschein. Den linken Schneidezahn verlor Andy im Alter von elf Jahren. Nachbarskinder hatten ihn zum Spass in eine Grube geworfen, in der er die ganze Nacht verharrte, ehe man ihn rettete. Seit dem litt er unter Klaustrophobie.

Martin bedeckte verschämt seine Nase wieder mit dem Tuch. „Vielleicht wollte Sie Andy nur dazu anregen, etwas offener zu sein und an Ihrem Selbstbewusstsein im Bezug auf Ihr Äußeres zu arbeiten", erklärte Dr. Miller. „Ja, vielleicht", gab Martin knirschend zu.

Für Hanna waren die wöchentlichen Gruppensitzungen

einfach nur lächerlich. Das
Theater fand ungefähr alle zwei
Wochen statt. Aus den
anfänglich versprochenen zwei
Wochen zur Beobachtung waren in
der Zwischenzeit sechs Wochen
geworden. Da die Ärzte bei ihr
mittlerweile von einer
Schizophrenie ausgingen, durfte
sie sich keine Hoffnungen mehr
machen, hier allzu bald wieder
heraus zu kommen. Die
Ausweglosigkeit ihrer Situation
löste in ihr eine unsagbare
Verzweiflung aus.
„Hanna, möchten Sie nicht etwas
zu dem Thema sagen?", sprach
sie Dr. Miller an.
Sie schrak aus ihren Gedanken
auf: „Entschuldigung, ich habe
grade nicht aufgepasst."
„Wir sprachen darüber, was
Martin tun könnte, um mehr
Selbstbewusstsein zu
entwickeln."
„Oh ja, ja, er könnte öfters
das Tuch abnehmen, um sich

seinen Ängsten zu stellen."
„Das ist eine fantastische Idee!", war Dr. Miller begeistert.
„Sehr gut Hanna!"
Die Psychologin lobte sie über alle Maßen, so als hätte sie soeben die Existenz Gottes bewiesen.
Nach der überschwänglichen Lobeshymne wandte sich Dr. Miller nochmals der Gruppe zu:
„Ein Weg, mehr Selbstbewusstsein zu entwickeln, ist unter anderem zu entdecken, wer wir selber sind."
„Damit beende ich die heutige Sitzung und wünsche Ihnen allen noch einen angenehmen Tag."
„Nächste Woche gebe ich dann weitere Binsenweisheiten von mir", spottete Hanna, ohne es auszusprechen. Sie war froh, dass der Unfug nun vorbei war.

Brenda kam vom Einkaufen nach

Hause. Sie stellte die Einkaufstaschen ab. Erschöpft ließ sie sich in einen Sessel fallen. Ihre Füße brannten wie Feuer. Da sie den Bus verpasste und kein Taxi mehr bekam, musste sie den ganzen Weg zu Fuß bewältigen.

„Hätte ich doch nur das Auto genommen!", jammerte sie. Vor einer Woche sprach sie mit Dr. Alexander. Obwohl er sehr überzeugend klang, hatte sie dennoch Zweifel an der Richtigkeit seiner Einschätzung. Denn Hanna war vor ihrem Unfall völlig gesund gewesen, ging arbeiten und führte ein normales Leben.

„Warum sollte sie also jetzt an einer Schizophrenie leiden?", überlegte sie, es war schlicht unlogisch.

„Vielleicht versucht tatsächlich der Schuldige, ihr zu schaden. Nur wie soll ich den- oder diejenigen finden?",

Brenda wusste einfach nicht mehr weiter, „Vielleicht sollte ich noch mal mit Tom darüber sprechen", meinte sie.

„Überraschung!", irgendwer bedeckte von hinten ihre Augen. An der Stimme erkannte Hanna allerdings sofort, dass es sich nur um Lilly handeln konnte. Sie drehte sich sogleich zu ihr um, schließlich umarmten sie sich.
„Ich hätte nie gedacht, dass du kommst!", Hanna strahlte voller Freude.
„Warum sollte ich dich nicht besuchen kommen, wir sind doch immer noch Freundinnen und heute habe ich mal Zeit gefunden", antwortete Lilly beiläufig, „Wie geht es dir denn so?"
„Gut, aber noch besser würde es mir gehen, wenn sie mich entlassen würden, da mir absolut nichts fehlt!"

„Ich habe, vor einigen Wochen
schon mit Brenda darüber
gesprochen und sie gebeten, mir
zu helfen, den Stalker zu
finden."
„Dich möchte ich nun um das
Gleiche bitten!"
Lilly schwieg, vor ihr stand
ein Becher Kaffee,
selbstverständlich hatte sie
auch Hanna einen mitgebracht
samt einer speziellen Zutat.
Dann fragte sie: „Bist du dir
wirklich sicher, dass es der
Schuldige auf dich abgesehen
haben könnte?"
„Ja!", erklärte Hanna ernst und
begann zu weinen.
Eine Träne tropfte auf den
weißen Tisch.
„Nimm´ erst mal einen Schluck
Kaffee, danach wird es dir
besser gehen", forderte Lilly
sie auf. Anschließend ergriff
sie ihre Hand und bot ihr ein
Taschentuch an, welches sie
zuvor aus dem Täschchen

genommen hatte.

Als Lilly die Klinik verließ, wunderte sie sich selbst darüber, wie reibungslos alles geklappt hatte. Noch mehr jedoch versetzte es sie in Erstaunen, dass es ihr so leicht fiel, die Nerven zu behalten. Ein bisschen tat ihr Hanna leid, nur Mitleid war es nicht wert, für lange Zeit hinter schwedische Gardinen zu wandern. Was an diesem Abend geschah, war nun einmal geschehen. Sie hatte sich diesmal entschlossen, das Pulver mit Kaffee zu mischen, in der Hoffnung, die Bitterkeit würde den Geschmack überdecken. Im Großen und Ganzen war es ihr aber egal, ob Hanna den Fliegenpilz rausschmecken konnte oder nicht, denn wer würde einer Durchgeknallten schon Glauben schenken.

Vor ihren Augen breitete sich ein Nebel aus, Hanna konnte grade noch ihre Bettnachbarin schemenhaft erkennen, gleichzeitig geriet alles in Bewegung. Eine halbe Stunde nach Lillys Besuch, hatte sie Schwierigkeiten, das Gleichgewicht zu halten und verlor immer mehr die Orientierung.

„Soll ich die Schwester rufen?", fragte Polly irritiert.

Hanna hätte ihr gerne geantwortet, nur war ihre Zunge nicht mehr in der Lage, die Worte zu formen. Sie nuschelte derart, dass niemand sie verstehen konnte. Nach einer gefühlten Ewigkeit, in der sie hilflos umherirrte, ergriffen sie abermals zwei Arme…

Am nächsten Tag musste Hanna, wie bereits bei ihrer Einlieferung, darauf warten, von den Fesseln befreit zu werden, ehe sie aufstehen durfte. Ihr Kopf fühlte sich wie in Watte gepackt an, darüber hinaus hatte sie Schwierigkeiten, längere Zeit am Stück ruhig da zu sitzen. Und als ob dies nicht genug wäre, teilte ihr Dr. Alexander bei der Visite auch noch mit, dass sie die Medikamente ab sofort per Injektion bekommen würde. Polly hatte ihnen nämlich vor lauter „Sorge" verraten, dass sie regelmäßig die Tabletten im Klo entsorgte. Zu dritt drückten sie sie aufs Bett, während die Schwester zustach. Jeder Widerspruch wurde somit unmöglich gemacht. Hanna wusste nun, dass sie niemals entkommen konnte.

Eine ungewöhnliche Freundschaft und Resignation

„Das Bild sieht super aus, Brenda!", sagte Tom voller Begeisterung. Zwischen Brenda und ihm hatte sich in den letzten Wochen eine platonische, aber dennoch innige Freundschaft entwickelt. Es tat einfach gut, mit einem Profi ungezwungen über alles reden zu können, grade jetzt, wo es Hanna so schlecht ging. Ihre Befürchtungen, es könnte irgendwen geben, der ihrer Schwester Schaden zufügen wollte, hatten sich deshalb auch in Luft aufgelöst.

„Hast du ein neues Auto?", sie konnte ihre Neugier nur schwer verbergen.

„Nein, ich habe es nur in die Werkstatt gebracht, um es frisch lackieren zu lassen."

„Gefällt dir der neue Farbton?", fragte Tom mit nicht

einmal geheucheltem Interesse.
„Ja! Sieht sehr elegant aus,
wirklich ein sehr schönes
Mitternachtsblau!"
Dann fügte sie hinzu: „Wir
sollten jetzt aber weiter
machen, sonst werden wir nicht
fertig".
„Natürlich, ich wollte dich
nicht aufhalten."
„Ich bin dir sehr dankbar, dass
du uns in dieser schweren Zeit
beistehst", sagte Brenda
sichtlich gerührt.
„Keine Ursache und denke daran,
ihr Zustand wird sich bessern,
wenn sie medikamentös richtig
eingestellt ist."
Innerlich musste Tom über seine
eigenen Worte lachen und über
seine neue Bekannte, die ihm so
bereitwillig alles glaubte.

„Hey, gib mir die
Fernbedienung!", Andy riss
Martin die Fernbedienung aus
der Hand, „Du hast sie jetzt

lange genug gehabt!"

„Ja, zum Teufel, ist ja gut!"

„Du hättest mir auch einfach
sagen können, dass du sie haben
willst!" entgegnete Martin
ärgerlich.

„Müsst ihr beide euch wieder
streiten?", mischte sich Polly
ein, „Ihr beiden Vollidioten
könnt euch einfach nicht
vertragen!"

Hanna saß indes teilnahmslos
auf dem Sofa und schenkte der
Diskussion keinerlei Beachtung.
Seitdem sie unter Medikamenten
stand, schien sie nichts mehr
richtig zu interessieren. Beim
Gehen zog sie inzwischen ihr
linkes Bein nach, da ihre
Muskeln steif geworden waren.

„Hanna! Zeit fürs
Mittagessen!", rief Polly ihr
zu.

Nach einer Weile erhob sie sich
schwerfällig von der Couch. Da
sie Schwierigkeiten hatte
aufzustehen, bot ihr Polly

ihren Arm zur Unterstützung an und zog sie hoch. Im Speisesaal stellte sich Polly dann auch für sie beide bei der Essensausgabe an. Vor zwei Wochen hatte Hanna einmal wieder Besuch von ihrer großen Schwester gehabt. Allerdings bedeutete ihr dies nichts mehr, es schien ihr schlichtweg egal zu sein. Vor einem Monat wäre dies noch undenkbar gewesen, schließlich kam Polly mit dem Essen zurück und stellte eines der beiden Tabletts vor sie hin.

„Heute gibt es ja mal etwas Essbares!", meinte Martin, der neben den beiden Frauen Platz nahm.

Auf dem Teller lagen Spaghetti Bolognese mit geriebenen Käse. Außerdem gab es noch einen Vanillepudding mit Himbeersoße zum Dessert.

„Das ist sonntags doch immer so", antwortete Andy, „Den Rest

der Woche servieren sie uns
dann wieder den üblichen
Schweinefraß."
Hanna stocherte während der
Unterhaltung abwesend in ihrem
Essen rum.
„Schmeckt es dir nicht?",
fragte Polly besorgt.
„Hey, man, du siehst doch, dass
sie ihr das Gehirn
weggeschossen haben."
„In dem Oberstübchen sind die
Lichter aus!"
„Schluss jetzt, es reicht!",
ging Martin deutlich gereizt
dazwischen, „Dass du immer
solche Sprüche klopfen musst!"
„Entschuldigung, war nicht so
gemeint", sagte Andy reumütig.
„Ist schon okay", meldete sich
Hanna unerwartet zu Wort.
Manchmal konnte sie für kurze
Zeit ihre Lethargie
durchbrechen. Der Nebel in
ihrem Kopf lichtete sich dann
für einen kurzen Augenblick.

„Das läuft ja prima!", dachte Tom Selbstzufrieden und schloss die Tür zu seiner Wohnung auf. Tom bewohnte ein Zwei-Zimmer-Appartement im teuersten Stadtteil von Hillbone. Immer, wenn er den guten Freund für Brenda spielte, empfand er dabei ein Gefühl der absoluten Überlegenheit. Das Bedürfnis, Macht über andere zu besitzen, war außerdem einer der Gründe, weshalb er die Entscheidung traf, Psychiater zu werden. Bereits als Kind hatte er die Gabe seine Eltern, Lehrer oder Mitschüler zu durchschauen. Andere Menschen hatten für ihn noch nie irgendeine tiefe Bedeutung gehabt, sie waren für ihn nichts anderes als Figuren in einem Theaterstück, das er inszenierte. „Jetzt nur noch fix unter die Dusche und dann zurück ins Auto und ab zu Lilly!", er hatte schon einen Bärenhunger.

Lilly holte den Kartoffelauflauf aus dem Ofen und musste dabei höllisch aufpassen, sich nicht die Finger zu verbrennen. Flugs kippte sie das Dressing über den Salat.

Auf die Minute genau klingelte es an der Tür: „Komm rein, das Essen ist fertig."

Tom legte seinen Mantel ab und zog die Schuhe aus. Er lief ins Wohnzimmer und machte es sich auf der Couch bequem. Zur gleichen Zeit brachte Lilly die Teller sowie das Besteck herein und deckte den Tisch, sie richtete das Essen auf den Tellern an. Er kostete den Auflauf, daraufhin sagte er: „Etwas zu viel Salz, findest du nicht?", natürlich wusste Tom, dass der Auflauf nicht versalzen war.

Jedoch wollte er vermeiden, dass Lilly zu viel

Selbstbewusstsein entwickelte, denn nur so konnte er die Kontrolle über sie behalten. Und dieser Trick zeigte Wirkung, anstatt verletzt auf die ungerechtfertigte Kritik zu reagieren, war Lilly einfach nur enttäuscht von sich selbst.

Brenda lag währenddessen zu Hause in der Badewanne, genoss das warme Wasser, hörte Musik und trank ein Glas Rotwein. Morgen würde sie nochmals nach Hanna sehen. Sie hoffte sehr, dass es ihr mittlerweile etwas besser ging. Auch wenn Tom sie beruhigen konnte, war es doch ein schwer zu ertragender Anblick. Nach zwanzig Minuten stieg sie aus der Wanne und wickelte sich in ein großes Badetuch. Sie lief ins Schlafzimmer, zog den Schlafanzug an und ging ins Wohnzimmer, um noch ein bisschen zu lesen. Bei einem

Liebesroman schlief sie
schließlich ein.

„Schau mal, was ich dir
mitgebracht habe!"
Brenda holte ein Buch mit
leeren Seiten sowie einen
Bleistift aus der Tüte neben
sich und überreichte beides
Hanna.
„Ich denke, es könnte dir
helfen, wenn du aufschreiben
würdest, was du den ganzen Tag
hindurch so machst oder was dir
so durch den Kopf geht",
erklärte sie.
„Weiß nicht", antwortete Hanna.
Bis auf diesen einen Satz hatte
sie bisher noch nichts zur
Unterhaltung beigetragen. Die
Frau, die vor Brenda saß, hatte
nichts mehr mit der Person zu
tun, mit der sie einst
aufgewachsen war. Die
Veränderungen waren wirklich
erschreckend.
„Sollen wir noch ein bisschen

spazieren gehen?", machte Brenda den Vorschlag. Ohne auch nur die geringste Emotion zu zeigen, stand Hanna auf, ergriff den Gehstock, den man ihr vor einer Woche gegeben hatte und hinkte mit Brenda in den Klinikpark.

Als Brenda wieder zu Hause war, griff sie zum Telefon, um Tom anzurufen, doch es meldete sich nur der Anrufbeantworter. Deshalb sprach sie ihm eine Nachricht darauf mit der Bitte, schnellstmöglich zurückzurufen. Hannas Zustand machte ihr trotz all seiner Erklärungen zunehmend Sorgen.

Genervt schaute er auf sein Handy.
„Nicht die schon wieder!", Tom hätte das Telefon am liebsten an die Wand geschmissen.
„Hallo Brenda, toll, dass du anrufst, gibt's was Neues?"

„Nein, Hanna geht es immer noch nicht besser und ich habe sogar den Eindruck, dass es schlimmer geworden ist", sie fing an zu schluchzen, „Tom, sie braucht nun eine Gehhilfe, obwohl sie doch völlig normal laufen konnte!"

„Verstehe, was hältst du davon, wenn wir uns gegen 19.45 Uhr bei dir im Atelier treffen?"

Brenda war alles andere als begeistert darüber, heute Abend noch einmal ins Atelier fahren zu müssen, deshalb machte sie den Gegenvorschlag, dass er zu ihr kam. Da Tom die Angelegenheit so schnell wie möglich hinter die Bühne bringen wollte, willigte er ohne Widerspruch ein. Es bereitete ihm zugegebenermaßen einen Riesenspass, diese Schlampe durch ihre Unwissenheit an der Nase herum zu führen. Heute Abend jedoch wäre er lieber mit einem befreundeten Kollegen zum Squash gegangen. „Die Bewegungsstörungen sind eindeutig eine Folge der Medikamente, wusste er, „Kann halt passieren, vor allem dann, wenn sie einer Person verabreicht wurden, die sie gar nicht benötigte."

Hannas Welt

Krampfhaft hielt sie den Bleistift in der rechten Hand. Die Buchstaben, die Hanna zu Papier brachte, waren krakelig, was an dem ständigen leichten Zittern ihrer Hand lag. Dennoch ging es ihr besser wie die Wochen zuvor, da die Ärzte ihre Dosis ein bisschen herabgesetzt hatten.

Sie schrieb: „Vorgestern hat sich ein Zimmernachbar von gegenüber in der Dusche erhängt. Gefunden wurde

Rick Thomas von Schwester Belinda, einer noch sehr jungen Krankenschwester, deren schrillen Schrei man im ganzen Gebäude hören konnte, nachdem sie seine starr herunter hängende Leiche entdeckt hatte. Andy ist seitdem eifrig damit beschäftigt, überall damit anzugeben, für den Bruchteil einer Sekunde einen Blick auf den Toten erhascht zu haben."

Er erzählte: „Seine Augen waren total verdreht, sodass man nur noch das Weiße sehen konnte und die Zunge hing ihm aus dem Mund heraus!"

„Was für ein Angeber!", Hanna legte den Bleistift ab, ihre Hand begann, stärker zu zittern, sodass die Schrift unleserlich wurde.

Am nächsten Tag notierte sie im Tagebuch: „Wir klopften alle im Rhythmus auf unsere Trommeln und drehten uns dazu im Kreis, so lange, bis Mrs. Lipinsky „Stopp", rief. Die Musik –und Tanztherapie ist das einzig Gute in diesem Saftladen, obwohl die Tussi, die ihn erteilt, selbst einen an der Waffel zu haben scheint. Mrs. Lipinsky ist eine rothaarige Schnepfe, deren Frisur aussieht als hätte sie darin ein Vogelnest versteckt..."

„Hallo Zitterliese, kommst du mit?", Andy hatte sich von hinten an sie herangeschlichen. Hanna reagierte verärgert und fauchte ihn zickig an: „Kannst du nicht anklopfen und außerdem heiße ich nicht Zitterliese!"
Andy errötete: „Tut mir leid, ich wollte dich nicht verletzen!"
„Du weißt, die Worte verlassen oft meinen Mund noch, bevor mir bewusst wird, was ich gesagt habe."
Sie seufzte, dann antwortete

sie: „Es ist schon okay, ich weiß, dass du dich nicht immer unter Kontrolle hast."
Er drehte sich um und lief in Richtung Tür, kurz vor ihr blieb Andy stehen: „Machst du jetzt beim Bingo mit oder nicht?"
„Aber klar!", seitdem es ihr besser ging, war Hanna über jede Abwechslung froh.

Beim Bingo gab es selbstverständlich kein Geld zu gewinnen. Stattdessen durfte man sich über kleinere Sachpreise wie lustige Kugelschreiber oder Körbchen, die mit Kosmetika gefüllt waren, freuen. Und wer den Jackpot knackte, durfte eine Woche lang bestimmen, Was im Fernsehen geschaut wurde. Die einzige Einschränkung bestand lediglich darin, dass Pornografie gänzlich verboten war. Andy hoffte sehr, diese

Woche den Hauptpreis abzuräumen.

Am nächsten Morgen diskutierten Martin, Andy und Polly immer noch über das gestrige Bingospiel. Während Hanna sich der Diskussion enthielt.
„So ein Pech!", jammerte Andy, „Am Dienstag läuft Star Wars im Fernsehen, den Film kann ich mir jetzt abschminken!"
„Och, da haben wir ja echt Glück gehabt", kommentierte Martin gehässig.
„Hört auf!", Polly schüttelte verständnislos den Kopf.
„Wieso? Ich bin nicht gewillt, mir den Unsinn anzusehen!"
„Trotzdem könntest du mehr auf ihn zugehen", mischte sich der bipolare Tyler Watkins überraschend ein.
„Mehr auf ihn zugehen", äffte Martin ihn nach, „Der muss mir erst mal zeigen, dass er seinen Scheiß Mund halten kann!"

„Was hast du eigentlich gegen
Andy?", fragte Tyler weiter.
„Ach", "Es geht mir einfach auf
die Nerven, dass er mich immer
wegen meiner Nase aufzieht."
„Ich ziehe dich nicht wegen
deiner Nase auf, sondern wegen
dem Gesichtstuch!", begründete
Andy seine Neckereien, "Ich
wette, dass du das Ding nicht
mal eine Woche weglassen
kannst."
„Und ich wette, dass du dich
irrst!", konterte daraufhin
Martin.

Weil die Ärzte ihr wieder
Vertrauten, bekam Hanna
unterdessen wieder Tabletten,
die sie wie gewohnt im WC oder
im Mülleimer des Klinikparks
entsorgte. Nur diesmal achtete
sie noch penibler darauf, nicht
noch einmal dabei erwischt zu
werden. Seit einer Woche war
sie clean und mit jedem Tag, an
dem ihr Hirn nicht mehr mit

Drogen geflutet wurde, konnte sie klarer denken. Das Zittern hatte in der Zwischenzeit auch deutlich nachgelassen, doch sie simulierte es weiterhin, um kein Misstrauen zu erregen. 9.30 Uhr, in fünf Minuten fand die nächste Gruppensitzung statt. Im Gegensatz zu früher fand sie es sehr spannend, die Entwicklung bei den anderen zu beobachten. Martin zum Beispiel legte sein Gesichtstuch mittlerweile beim Essen ab, etwas, was bis vor Kurzem noch unvorstellbar gewesen war.

Im Gruppenraum stellten sie die Stühle im Kreis auf und warteten darauf, dass Dr. Miller die Sitzung eröffnete. „Wie ich hörte, haben Sie die Wette gewonnen, ich bin stolz auf Sie, Martin!", lobte Dr. Miller ihn.
Die Therapeutin schaute ihn hochzufrieden an.

„Ja", antwortete er, „Aber ich hätte Andy niemals den Triumph gegönnt!"

„Trotzdem bedecke ich meine Nase ab heute wieder!"

„Logo! Rudi Rüssel!", Andy grunzte wie ein Schwein.

Hanna konnte sich das Kichern nicht verkneifen.

„Nun denn, fahren wir fort."

„Hanna, gibt es etwas, das sie mit uns heute besprechen wollen?"

„Nein, ich habe nichts, worüber ich reden möchte."

„Sind Sie sicher? Immerhin haben Sie einen schweren Verlust erlitten, nicht wahr?"

„Ja, aber ich möchte in diesem Kreis nicht darüber sprechen."

„Also gut", Dr. Miller akzeptierte zähneknirschend Hannas Entscheidung.

Schließlich schenkte sie Martin erneut ihre Aufmerksamkeit:

„Martin, möchten Sie uns nicht erzählen, was Sie empfanden,

als Sie das Tuch zum ersten Mal
abnahmen?"

„Mmmh, wie kann ich das am
besten beschreiben?"

„Zuallererst habe ich mich
nackt gefühlt und ich machte
mir darüber Gedanken, wie die
anderen auf mein Aussehen
reagieren würden."

„Was waren Ihre schlimmsten
Befürchtungen?"

„Dass ich ausgelacht werde."

„Warum sollten wir Sie
auslachen?"

„Weil ich hässlich bin."

„Und sind Ihre Erwartungen,
wegen Ihres Äußeren zum Gespött
zu werden, eingetreten?"

„Erfreulicherweise nicht."

„Was hindert Sie, nun daran
nach der Erfahrung, dass Ihre
Ängste unbegründet sind, das
Tuch dauerhaft weg zu lassen?"

„Das Gefühl, entstellt und
unattraktiv zu sein."

„Ich weiß auch nicht, ich kann
es rational nicht begründen."

Martin sprach nicht aus, wie seine Mutter ihn in der Kindheit wegen seiner Nase ohne Unterlass aufzog. Sie verglich sie regelmäßig mit der seines Vaters, der die Familie verließ als Martin fünf Jahre alt war. Seine Mutter pflegte immer zu sagen: „Du hast genau die selbe Schweinenase wie dein Vater!".

„Möchte jemand irgendetwas zu Martins Problem sagen?", Dr. Miller blickte fragend in die Runde.

Nach ein paar Minuten meldete sich Tyler Watkins zu Wort: „Martin sieht völlig normal aus, der Lappen in seinem Gesicht ist albern."

„Danke, Tyler, für Ihren Standpunkt."

„Sonst noch jemand, der etwas zu dem Thema sagen will?"

„Oder der selbst ein Thema hat, das er gerne erörtern möchte?", Dr. Miller blickte in die Runde und wartete einige Sekunden.

„In Ordnung, wenn keiner mehr etwas zu besprechen hat, würde ich sagen, wir beenden die Sitzung für heute und ich wünsche Ihnen allen noch einen schönen Tag."

Andy lief nach der Gruppensitzung auf Martin zu, er klopfte ihm anerkennend auf die Schulter, schließlich sagte er: "Gut gemacht Kumpel, ich hätte nie gedacht, dass du dich dazu überwinden kannst!"

Geschockt!

Brenda räumte den Tisch ab. Tom und Lilly waren kurz zuvor aus der Tür gegangen. Sie war froh, dass er veranlasste, dass Hanna keine Spritzen mehr bekam. Auf seinen Rat hin hatte sie in der Zwischenzeit die Betreuung für Hanna übernommen. Zuerst gefiel ihr die Idee überhaupt nicht, da sie nicht ohne Begründung die Grundrechte ihrer Schwester einschränken wollte. Doch die Vorstellung, ihr sonst nicht richtig helfen zu können, hatte ihr erst recht den Schlaf geraubt. Also hatte sie sich einverstanden erklärt. Außerdem hatte Lilly ihr versprochen Hanna morgen zu besuchen.

Lilly schritt gemeinsam mit Hanna in den Besucherraum, gestern Abend hatte sie außerdem von Tom, nachdem sie bei Brenda waren, weitere Instruktionen erhalten. Wie üblich brachte sie deshalb zwei Becher Kaffee mit.

„Wie geht es dir denn heute?", fragte sie interessiert und stellte dabei einen der Becher vor Hanna ab.

„Ich fühle mich ein bisschen besser."

„Schön, freut mich für dich."

„Macht dir die Arbeit nach wie

vor Spass?"

„Absolut, alles bestens, viel zu tun halt."

„Du ahnst ja gar nicht, wie sehr ich dich beneide!"

„Mir geht es so was von auf den Sack, in diesem Kuckucksnest hier eingesperrt zu sein!" Lilly blickte sie betroffen an. Schließlich antwortete sie: „Du musst auch daran denken, was dir das hier bringen könnte."

„Ich bitte dich! Was s-soll es mir denn bringen? Die b-behandeln mich doch nur wie eine Verrückte!", erwiderte Hanna aufgebracht, daraufhin entschuldigte sie sich um auf den Balkon zu laufen. Als sie weg war, fiel Lilly auf, dass sich das Pilzpulver noch in ihrer Tasche befand. Eilig holte sie es hervor und leerte es in den Becher.

„Was machst du da bitte?" Lilly hatte nicht bemerkt, wie

Hanna zurückgekommen war.
Sie zuckte erschrocken
zusammen:
„Ich, äh, hab dir nur Zucker in
den Kaffee getan, nichts
weiter."
„Zucker?"
„Du weißt noch, dass ich Kaffee
ohne Zucker trinke oder?"
„Tatsächlich?", „Sorry, das hab
ich echt total vergessen!"
Hanna nippte an dem Kaffee und
diesmal konnte sie die Pilze
deutlich herausschmecken. Sie
sah ihre Freundin ernst an,
dann forderte sie Lilly
abermals auf ihr zu sagen, was
sie ihr in den Kaffee getan
hatte. Doch Lilly blieb stumm.
Stattdessen rannte sie Hals
über Kopf aus der Klinik, ohne
auch nur ein Wort zu verlieren.

„Verdammt, verdammt, verdammt!"
„Das Drecksstück hat mich
ertappt!", Lilly setzte sich
hinter das Lenkrad. Sie holte

ihr Smartphone hervor und schickte Tom eine Textnachricht mit der Botschaft: „SOS!".

Tom war in diesem Moment soeben damit beschäftigt, ein Gutachten für einen befreundeten Richter zu schreiben. Während Sein Handy klingelte, was ihn nicht besonders erfreute. Jeder, der ihn kannte, wusste nur zu gut, wie sehr er es verabscheute, bei der Arbeit gestört zu werden. Deshalb hoffte er sehr für denjenigen, der dies trotzdem wagte, dass dafür ein wichtiger Grund vorlag. Nach einem flüchtigen Blick auf das Display wandte er sich wiederum ungerührt dem Gutachten zu.

„Du dumme Pute!", schrie Tom Lilly zuhause an.
„Kannst du denn nichts richtig machen?", er schnaufte einige Male tief durch, um nicht die

Beherrschung zu verlieren.
„Es war keine Absicht!",
erwiderte sie mit
tränenerstickter Stimme, „Ich
hab es einfach vergessen!"
„Vergessen!", sagte er
verächtlich.
„Wie auch immer, ich werde nun
in der Klinik anrufen müssen."
„Vielleicht kann ich den
Schaden noch begrenzen, den du
in deiner Gedankenlosigkeit
angerichtet hast!
„Du leidest doch unter Idiotie,
unglaublich!"

Dr. Andre Alexander war etwas
erstaunt über das, was ihm sein
Kollege soeben berichtet hatte.
Bei Miss Mooreland war ihm noch
nie vonseiten des
Pflegepersonals über
aggressives Verhalten Bericht
erstattet worden. Aber na ja
irgendwann war immer das erste
Mal, wahrscheinlich wirkten die
Medis noch nicht, was andere

Maßnahmen erforderlich machte.

„Dieses Wort gibt es nicht!",
protestierte Martin als Andy
versuchte, das Wort -
Schwanzhund zu legen. Martin,
Andy, Polly, Hanna sowie Tyler
spielten grade Scrabble. Andy
schummelte schon zum dritten
Mal, worüber sich Tyler
köstlich amüsierte.
Hanna war eben an der Reihe als
völlig überraschend zwei
Pfleger herein kamen, sie grob
links und rechts an den Armen
packten und mitnahmen. Sie
führten sie in einen Raum, in
dem eine Liege mit Schnallen
stand. Hanna wurde
aufgefordert, sich auf die
Liege hinzulegen, anschließend
fixierte man ihre Arme und
Beine. Danach wurde ihr eine
Aufbissschiene in den Mund
geschoben. Schließlich suchte
der Arzt nach einer Vene, um
ihr eine milchig aussehende

Flüssigkeit zu verabreichen. Den darauf folgenden Stromstoß, der einen Krampfanfall auslöste, bekam sie dann dank der Narkose glücklicherweise nicht mehr mit.

Während sie ihr Bewusstsein wieder erlangte, spürte Hanna starke Kopf -und Kieferschmerzen. Alles schien auf einmal fremd zu sein, ja sogar Polly erkannte sie nicht auf Anhieb. Irgendetwas hatte die Reset-Taste in ihrem Kopf gedrückt, fühlte sie. Nur was war geschehen? Sie hielt sich den Kopf. Ihr Schädel brummte wie nach einer durchzechten Nacht. Hanna hatte den Eindruck, dass ihr Gehirn gleich explodieren würde. „Scheiß Gefühl was? Aber der Schmerz lässt in ein paar Stunden nach", gab Polly ihr zuversichtlich zu verstehen, „Du kannst dich schon mal darauf einstellen, ab jetzt alle zwei bis drei Tage gegrillt zu werden."

„Wie meinst du das bitte?" Polly verdrehte die Augen: „Dass sie dir 200 Volt durch die Rübe gejagt haben, das will ich damit sagen."

Sie blickte Polly entsetzt an: „Du machst Witze!"

„Nein, wieso?"

„Um Himmels willen!", wimmerte Hanna voller Entsetzen. Fünf Minuten später betrat Schwester Carla den Raum und brachte ihr eine Tablette gegen die Schmerzen.

„Müssen sie Wasserlassen?", fragte sie eisig.

Hanna verspürte, in der Tat das Bedürfnis zu pinkeln: „Ja, warum?"

„Weil ich Sie dann stützen muss."

Sobald sie aufstand, begriff sie, was die Schwester meinte. Ihre Beine schienen auf einmal aus Gummi zu bestehen und sie konnte kaum auf ihnen stehen.

„Ist es auch wirklich ungefährlich?", Brenda hatte kein gutes Bauchgefühl bei der Sache und sie war es gewohnt, ihrem Bauch zu vertrauen.
„Ganz bestimmt, die Elektroschocktherapie ist ein altes sowie gut erprobtes Verfahren.", Tom stellte seine Teetasse wieder ab.
„Mir ist durchaus bewusst, dass es sich für dich brachial anhört, aber diese Behandlungsmethode ist hervorragend geeignet, um ein aus dem Takt geratenes Gehirn wieder in geordnete Bahnen zu lenken."
„Ach ja, bevor ich es vergesse, bitte sei nicht verwundert, falls Hanna dir erzählen sollte, dass Lilly ihr etwas in den Kaffee getan hat."
„Immerhin ist sie nach wie vor

ziemlich paranoid."

„Verstanden", antwortete Brenda, schien aber nicht gänzlich überzeugt zu sein.

Die Elektroschocks setzten Hanna deutlich mehr zu als die Medikamente davor. Nach jeder Behandlung dauerte es länger, bis ihr Gedächtnis wiederkam. Ihr Leben, sofern man es noch so bezeichnen konnte, war nun endgültig zur Hölle auf Erden geworden. Um ihrem Erinnerungsvermögen auf die Sprünge zu helfen, notierte sie immer gleich, an was sie sich noch zu erinnern vermochte oder was sie tat. Auf diese Weise gelang es ihr, nicht den roten Faden zu verlieren. Der Besuch von Lilly war jedoch aus ihrem Gedächtnis regelrecht gelöscht. Einzig ihr Unterbewusstsein signalisierte ihr noch, dass es da etwas gab an, an das sie sich unbedingt erinnern musste.

Lilly wurde von Gewissensbissen geplagt. Eigentlich wollte sie Hanna nur aus dem Weg räumen, nicht völlig zerstören, aber genau hierbei half sie mit. Tom hatte sie darüber aufgeklärt, dass durch die Behandlung dauerhafte Schäden im Bereich des Wahrscheinlichen lagen. Konnte sie das tatsächlich verantworten? Und war er es überhaupt wert, um bei diesem intriganten sowie gefährlichen Spiel mitzumachen? Immerhin verursachte er den Unfall und nicht sie, hätte sie damals Anzeige erstattet, wäre ihr vielleicht nichts geschehen. Doch nun steckte sie zu tief drin, um noch zurückzukönnen. Tom verstand es einfach immer, die richtigen Knöpfe bei ihr zu drücken, dieser Gott verdammte Mistkerl. Anschließend trank sie noch ein weiteres Glas Wein, bis sie die Flasche geleert hatte.

Im Land der (Alb)Träume

Hanna rannte wie ein gehetztes Reh durch den
Wald. Ihr folgte eine Person, die ihr Gesicht
hinter einer Maske verbarg. Nach ein paar
Metern lichtete sich endlich das Dickicht und in
der Ferne erschien eine Hütte. Eilig lief sie
darauf zu. Kurz nachdem sie die Tür erreichte,
versuchte sie, diese zu öffnen, doch der Knauf
war so stark eingerostet, dass er sich keinen
Millimeter bewegte. Verzweifelt suchte sie nach
einem anderen Eingang, doch auch die Fenster
waren verbarrikadiert. Plötzlich hörte sie
Schritte, die immer näher kamen. Ohne sich
umzudrehen, wusste sie, dass es ihr Verfolger
war.
Hanna wachte mit klopfendem
Herzen auf. Benommen suchte sie
den Lichtschalter für die
Nachttischlampe. Im Schein des
Lichtes begann, die Anspannung
allmählich von ihr abzufallen.
Neben dran schlummerte Polly
seelenruhig. Sie nahm das

Tagebuch und den Bleistift und
notierte knapp die
Trauminhalte. Aus diversen
Büchern, die ihr von Dr. Klein
empfohlen worden waren, wusste
sie ja, dass Träume Botschaften
des Unterbewusstseins
enthielten. Womöglich war der
Traum der Schlüssel zu dem an,
dass sie sich erinnern sollte.

„Jammerschade, dass Tyler jetzt
nicht hier ist."
Andy saß gemeinsam mit Polly
auf der Parkbank.
„Allerdings, da hast du recht,
Andy", stimmte Polly schnalzend
zu. Neuerdings schnalzte sie
wieder deutlich stärker mit der
Zunge. Polly wurde im Alter von
zwanzig Jahren zum ersten Mal
in die Psychiatrie eingewiesen,
damals studierte sie Biologie.
Sie hatte sich zu der Zeit
derartig in das Studium
reingehängt, bis es eines Tages
zum Zusammenbruch kam. Polly

schlief und aß nur noch wenig. Irgendwann entwickelte sie die Wahnidee, dass die Uni überall Wanzen angebracht hatte, um ihr hinterher zu spionieren. Nach ihrem ersten Klinikaufenthalt erholte sich Polly relativ gut, jedoch setzte sie dann ihre Tabletten in Eigenregie ab, was zu einem Rückfall führte und auf Diesen folgte der Nächste.

Ähnlich erging es Tyler, der in der letzten Woche abermals unerwartet in eine depressive Phase rutschte. Um erneute Repressalien wie bei Rick Thomas zu verhindern, verlegte ihn die Klinik nun sofort auf die Geschlossene. Dort wurde er über vierundzwanzig Stunden überwacht. Weder Andy, Polly oder Martin beneideten ihn darum, denn die Unterbringung in der Geschlossenen bedeutete in der Regel, den ganzen Tag allein in einem Zimmer mit

Fenster verbringen zu dürfen. Oftmals auch ans Bett gefesselt zu sein und darauf zu warten, dass die Zeit verging. Im Prinzip genau das Richtige, um einen ohnehin schon Depressiven noch depressiver werden zu lassen. Sie nannten diese Abteilung deshalb auch den: „Psychoknast".

Heute Nacht wollte Hanna ihren Verfolger demaskieren, jedenfalls hatte sie sich das fest vorgenommen. Um dieses Ziel zu erreichen visualisierte sie die Szene wie sie den Verfolger dazu aufforderte, die Maske abzunehmen vor dem Einschlafen so lange bis ihr irgendwann die Augen zufielen.

„Noch einen Schluck Wein, Tom?"
„Sehr gerne!", er hielt Brenda das Glas hin.
„Ich muss ja heute nicht fahren, stimmt's Lilly?", Tom

blickte sie freundlich, aber bestimmend an.

„Habe ich dir eigentlich bereits erzählt, dass ich seit meinem fünften Lebensjahr wiederkehrend denselben Traum habe?", Brenda tunkte ein Stück Brot in den Käse.

„Nein! Hört sich jedoch sehr interessant an, möchtest du mit uns darüber reden?"

Brenda zögerte: „Ich weiß nicht, es ist ein echt dämlicher Traum."

„Wir lieben dämliche Träume", er lehnte sich gemütlich zurück und nippte an seinem Weinglas.

„Also gut: Der Traum beginnt immer damit, dass ich alleine auf einer Wiese stehe, anschließend finde ich mich immer am Ufer eines Sees wieder."

„Aus dem nach einer Weile ein Ungeheuer auftaucht, das mich dazu auffordert, mit ihm mitzugehen."

„Hat dieses Monster zufällig Ähnlichkeiten mit Nessie?", witzelte Lilly.

„Fürchtest du dich vor dem Ungeheuer oder bist du ihm wohlgesonnen?", hakte Tom nach.

„Nein, ich habe keine Angst vor ihm und es sieht eher aus wie ein Drache.", sie räusperte sich, „ich bin im Traum immer enttäuscht, dass ich nicht mit ihm mitgehen kann.

„Nun, wenn wir die These von Freud anwenden, stünde der See für den Uterus und der Drache für den Penis, somit wäre dein Traum ein Ausdruck von Penisneid."

„C.G Jung hingegen würde dir die Frage stellen, was der Traum für dich selbst für eine Bedeutung hat", erläuterte Tom.

„Keine Ahnung, was er für mich bedeutet, ich halte die Penistheorie allerdings für Blödsinn."

„Da ich den Traum vor allem in

Stresssituationen habe, denke
ich, er ist ein Ausdruck von
Überforderung."
„Das ist sehr wahrscheinlich",
stimmte er ihr entschlossen zu,
„Ich finde es übrigens toll,
dass du in der Zwischenzeit all
die Kisten weggeräumt hast."
„Ja, ich konnte mich endlich
dazu aufraffen auszupacken, ich
bin nun in meinem neuen Leben
angekommen."
„John gehört jetzt endgültig
der Vergangenheit an!"
„Das freut mich für dich",
antwortete Tom.
„Also", sagte Brenda, daraufhin
erhob sie ihr Glas, „Lasst uns
auf die Zukunft trinken!"

„Was für ein unterhaltsamer
Abend, findest du nicht?"
Lilly fuhr das Auto und
schwieg. Dann entgegnete sie:
"Musst du dich bei ihr dauernd
so einschleimen, du tust den
beiden doch ohnehin schon genug

an!"

„Oh, ist da etwa jemand eifersüchtig?"

„Quatsch!"

„Worum geht es dir bitte dann?"

„Jetzt stelle dich bitte nicht dumm!"

„Es geht darum, dass du Brenda glauben lässt, Hanna wäre geisteskrank und sie in der Psychiatrie einsperrst, weil du die Liebe ihres Lebens auf dem Gewissen hast!"

„Der Unfall war keine Absicht!"

„Außerdem bist du daran auch nicht hundertprozentig unschuldig!", er ballte seine Hände zu Fäusten.

„Ja, aber danach hast du dich vor deiner Verantwortung gedrückt!"

„Und wer hat mir dabei nur allzugern geholfen?"

„Ich habe nur getan, wozu du mich gezwungen hast!", sie konnte ihren Zorn kaum verbergen.

„Fahr´ rechts ran!", befahl er ihr auf einmal barsch.

„Wieso? Wir sind hier mitten in der Pampa!"

Als er verstand, dass Lilly ihm diesmal nicht gehorchen würde, ergriff Tom das Lenkrad und lenkte seinen Ford nach rechts in einen Waldweg.

Lilly konnte grade noch bremsen: „Sag mal, spinnst du? Willst du uns beide umbringen?"

Tom stieg wortlos aus, ging um den Wagen herum, öffnete die Fahrertür und steckte die Autoschlüssel ein.

„Steig aus!", knurrte er drohend.

„Du kannst mich mal am Arsch lecken!", sie begann, aufgeregt in der Handtasche nach ihrem Taser zu kramen.

„So, ich kann dich also am Arsch lecken?"

„Ich zeige dir gleich, wo ich dich lecken werde!", er packte sie brutal an den Haaren und

zerrte sie aus dem Fahrzeug.
„Hör auf! Du tust mir weh!",
Lilly versuchte verzweifelt,
ihm einen kräftigen Tritt in
die Eier zu geben, doch Tom war
ihr körperlich um Einiges
überlegen.
Er schleifte sie hinter das
Gebüsch, warf sie grob zu
Boden, schob ihren Rock hoch
und riss ihr die
Spitzenunterwäsche vom Leib.
„Jetzt werde ich dir eine
Lektion erteilen!"
Brutal drang er in ihr Rektum
ein, sodass sie sich vor
Schmerzen krümmte.
„Na, wie gefällt dir das?",
keuchte er höhnisch.
Tom ignorierte Lillys Schreie
sowie ihr Flehen um Gnade, ihr
Leid steigerte sogar noch seine
Lust und während er kam, hatte
er das Gefühl, dass ein Vulkan
aus seinem Schwanz ausbrach.
Nachdem er sie vergewaltigt
hatte, zog er gelassen seine

Jeans hoch und ging seelenruhig zum Auto, um sie im Gestrüpp sich selbst zu überlassen. Lilly brauchte einige Zeit, bis der Schock nachließ. Sie befreite ihren Mund von den Blättern, an denen sie fast erstickt wäre und ordnete ihre Kleider. Da sie gehört hatte, wie der Ford wegfuhr, wusste sie, dass er nicht mehr in der Nähe war. Lilly wanderte die Landstraße entlang in der Hoffnung, dass irgendjemand anhielt. Nach einigen Metern oder Kilometern wurde sie zum Glück von einer Gruppe Jugendlicher aufgelesen, die auf dem Heimweg von einer Party waren.

Zuhause konnte Lilly es schließlich kaum abwarten, unter die Dusche zu gehen. Dort bemerkte sie, dass ihr Anus leicht blutete. Für den Bruchteil einer Sekunde dachte sie darüber nach, in die

Notaufnahme zu gehen, doch man hätte ihr mit Sicherheit viele unangenehme Fragen gestellt, also entschied sie sich dagegen. Sie drehte das Wasser auf und seifte sich gründlich ein, doch so sehr Lilly sich auch wusch, der innere Schmutz haftete wie Pech an ihr.

Hanna war in der Zwischenzeit im Traum nochmals bei der Hütte angekommen. Hinter sich vernahm sie wieder die Schritte, doch anstatt erneut in Panik zu verfallen, blieb sie ruhig stehen. Sie ließ den Maskierten näher kommen, bis er direkt vor ihr stehen blieb. Mutig trat sie näher an den Unbekannten heran, dann fragte sie: „Wer bist du?"
Langsam hob der Fremde die Hände in Richtung Gesicht, er zog die Maske ab und zum Vorschein kam... ihre beste Freundin!

Erkenntnisse und Geständnisse

Am nächsten Morgen starrte

Hanna den Namen an, den sie aufgeschrieben hatte und versuchte sich einen Reim darauf zu machen. „Warum ist mir Lilly im Traum erschienen?", fragte sie sich. Hanna hoffte sehr, bald eine Antwort darauf zu finden.

Lilly warf einen Tag danach einen Blick in den Spiegel. An der linken Wange war ein großer blauer Fleck sichtbar geworden. Sie holte das Camouflage Make-up aus dem Schränkchen und betupfte damit behutsam die Verletzung. Es war nicht das erste Mal, dass sie Blessuren kaschieren musste, zum einen weil Tom öfter die Hand ausrutschte, wenn er schlechte Laune hatte, zum anderen, weil bereits bei ihrem Vater Gewaltausbrüche an der Tagesordnung waren. In ihrer Kindheit wurde sie, wie auch ihre Mutter regelmäßig von

ihrem Vater verprügelt, wenn er
zu viel getrunken hatte. Lilly
schloss sich zum Selbstschutz
dann immer in ihrem Zimmer ein,
wenn sie hörte, dass ihr Vater
betrunken aus der Kneipe kam.
Nicht selten trat er in solchen
Fällen mit all seiner Wut so
heftig gegen die Tür, dass
Lilly befürchtete sie würde
jeden Moment zerbersten.

Nach der Gewalttat überlegte
Tom, ob er ihr heute Abend ein
paar Blumen mitbringen sollte.
„Als kleine Wiedergutmachung
sozusagen, da ich gestern ja
ganz schön hart zu ihr gewesen
bin.", er schmunzelte bei dem
Gedanken vor sich hin. Zugleich
spürte Tom, wie er wieder steif
wurde.

„Denkst du etwa immer noch über
deinen Traum nach?"
Polly kam eben aus der
Sporthalle zurück wo sie

zusammen mit Tyler dem es
wieder besser ging Tischtennis
gespielt hatte.

„Ja, es lässt mir einfach keine
Ruhe."

„Ich glaube, ich weiß, warum
dir Lilly erschienen ist."
Hanna setzte sich gespannt auf:
„Lass´ hören!"

„Sie hat dich doch vor einigen
Wochen besucht, aber du hast es
vergessen."
Ich vermute, der Traum soll
dich genau daran erinnern."

„Soweit ich mich entsinne, bist
du nach ihrem Besuch recht
aufgewühlt gewesen."
Plötzlich fiel es Hanna wie
Schuppen von den Augen. Sie
erinnerte sich wieder daran,
dass sie ihre beste Freundin
dabei erwischt hatte, wie sie
ihr ein mysteriöses Pulver in
den Kaffee mischte. Es gab nur
eine Möglichkeit, der Sache auf
den Grund zu gehen. Sie musste
Brenda darüber benachrichtigen

und sie davon überzeugen, ihr
behilflich zu sein Lilly zur
Rede zu stellen.

„Ich bin es so leid, für diesen
Egomanen nicht mehr als ein
attraktives Spielzeug zu
sein!", murmelte Lilly, während
sie den Glastisch putzte.
Tom hatte ihr heute Mittag eine
Nachricht auf dem
Anrufbeantworter hinterlassen,
dass er heute Abend vorbeikommt
und sie deshalb kochen sollte.
Ein Wort des Bedauerns gab es
nicht. Aus Erfahrung wusste sie
jedoch, dass dies nicht
ausbleiben würde. Bestimmt kam
er erneut mit Blumen von Chips
99 Cent Tanke angedackelt, die
man bereits nach einem Tag in
den Müll werfen konnte.
Lilly hatte schon mehrmals
versucht, das Gefängnis der
emotionalen Abhängigkeit zu
verlassen, doch sie war jedes
Mal kläglich gescheitert. Zu

stark waren die erlernten Verhaltensmuster in ihrer Seele eingebrannt, denn Liebe bedeutete Gewalt für sie. Schließlich klingelte er an der Tür.

Was Hanna ihr soeben am Telefon erzählt hatte, war doch verrückt, glaubte Brenda. Wieso sollte Lilly sie auch vergiften wollen? Am Donnerstag, so versprach Brenda es ihr, würde sie mit Lilly vorbeikommen. Dann konnte sich Hanna persönlich davon überzeugen, dass ihr Verdacht komplett aus der Luft gegriffen war. Anscheinend ging es ihr nach wie vor nicht besser. Hanna hatte sie darum gebeten zum Besuch Getränke mitzubringen, um Lilly damit in die Falle zu locken. Für Brenda waren die Vorwürfe einfach nur haltlos.

„Das duftet aber gut!", Tom
machte sich mit großem Appetit
über den Burger her. Lilly
hatte in der Eile zwei
Tiefkühlburger aus der
Kühltruhe geholt. Eigentlich
mochte er keinen Fertigfraß,
wie er es ausdrückte, jedoch
verstand sie es, diesen so
zuzubereiten, dass er den
Unterschied nicht mehr
schmeckte. Den Burger servierte
sie mit gebratenen Champignons
und Zwiebeln, dazu gab es eine
selbst gemachte Honig-Senfsoße.
„Ich hab hier übrigens noch was
für dich.", Tom schob ihr
erneut eine Tüte mit Pilzpulver
rüber.
„Du weißt, dass ich das nicht
mehr machen will!"
„Es gibt kein Zurück mehr!"
„Jetzt aufzuhören, würde
bedeuten, dass alles umsonst
gewesen ist und Hanna ihr
Gedächtnis wiedererlangt."
Lilly stöhnte erschöpft, man

sah ihrem Gesicht deutlich an, dass sie genug von dem Theater hatte.

„Na gut", sagte sie und nahm das braune Ding voller Ekel entgegen.

Als sie das Ticket gezogen hatte, fuhr Brenda ins Parkhaus.

„Wir sind da", sagte sie zu Lilly.

Zusammen stiegen sie aus dem Wagen aus.

„Bin gespannt, wie Hanna heute so drauf ist", meinte Lilly nachdenklich.

Ihre Hände waren feucht und sie hatte einen Kloß im Hals.

„Ach, wie sollte sie schon reagieren?"

„Sie wird sich freuen, dich zu sehen", erwiderte Brenda zuversichtlich. Anschließend passierten sie den Eingang.

Im Besucherraum erwartete sie

bereits Hanna, Lilly mied jeden Blickkontakt zu ihr. Brenda stellte die drei Becher auf den Tisch, für sich selbst hatte sie Tee anstatt Kaffee mitgenommen.

„Na, wie geht's dir", fing Brenda so beiläufig wie möglich das Gespräch an.

„Wie immer gleich beschissen." Hanna sah unentwegt zu Lilly hinüber, ihre Freundin starrte weiterhin auf den Boden.

„Was hast du denn heute so gemacht", fragte Brenda weiter.

„Nichts, was soll man hier schon machen außer essen, schlafen und fernsehen.

„Aber nein, warte, heute Vormittag hatten wir Kunsttherapie."

„Siehst du, dann hast du also doch etwas gemacht."

„Schön.", meinte Brenda.

Bei Hanna meldete sich nach einer Weile ein Bedürfnis,

Brenda musste ebenfalls.
Doch, anstatt das Stille
Örtchen aufzusuchen, liefen sie
beide nach draußen und
versteckten sich hinter der
Wand, so, dass sie Lilly noch
gut sehen konnten.
„Nun wirst du selbst erkennen,
dass deine Vorwürfe unbegründet
sind, sagte Brenda."
„Abwarten, vielleicht wirst du
noch die Überraschte sein!"
Sie blickten erwartungsvoll zu
Lilly hinüber. Lange geschah
nichts, doch plötzlich sahen
sie, wie Lilly ein kleines
braunes Päckchen aus ihrer
Handtasche holte und den Inhalt
in Hannas Kaffee leerte.
Brenda war total schockiert, „
Sofort aufhören!", erklärte sie
barsch.
Lilly erschrak heftig und ließ
darum das braune Päckchen
fallen, das Pulver verstreute
sich deswegen über den gesamten
Tisch.

„Was hast du Hanna in den Kaffee getan?"

„Nichts, nur Zucker!", antwortete sie hilflos.

„Jetzt binde uns mal keinen Bären auf!", sagte Brenda wutentbrannt, „Seit wann wird Zucker in kleinen braunen Tüten verkauft?"

Lilly suchte verzweifelt nach einer Erklärung, doch sie fand einfach keine, irgendwann wurde der Druck zu groß und sie verstand, dass das Spiel nun vorbei war. Nach einem kurzen Geständnis ließ sie sich anschließend bereitwillig von Brenda zur nächsten Polizeiwache bringen.

Epilog

Warme Sonnenstrahlen fielen auf ihr Gesicht. Hanna war so glücklich wie seit Langem nicht

mehr. Auch wenn keine Strafe
der Welt David wieder lebendig
machen konnte, war es dennoch
ein richtig gutes Gefühl, zu
wissen, wie es zu dem Unfall
kommen konnte. Und vor allem zu
wissen, dass sie nie
geisteskrank gewesen ist. Lilly
kam aufgrund ihrer
Bereitschaft, mit der Polizei
zusammenzuarbeiten, mit einer
Bewährungsstrafe davon überdies
entschloss sie sich dazu eine
Psychotherapie zu beginnen, um
ihre negativen
Kindheitserfahrungen
aufzuarbeiten. Dr. Tom Klein
hingegen wurde hart bestraft,
man verurteilte ihn zu zehn
Jahren haft. Mit einer
Entlassung konnte er bei guter
Führung frühestens in acht
Jahren rechnen. Seine Zulassung
als Arzt hatte man ihm ebenso
entzogen.
„Wer weiß, vielleicht wird aus
ihm ja mal ein prima

Burgerbrater", dachte Hanna.
Sie lächelte breit, dann
schloss sie die Eingangstür
hinter sich, denn ihre neuen
Freunde Polly, Andy, Martin und
Tyler warteten schon auf sie.

Ende

Impressum

Bibliografische Information der
Deutschen Nationalbibliothek: Die
Deutsche Nationalbibliothek
verzeichnet diese Publikation in der
Deutschen Nationalbibliografie;
detaillierte bibliografische Daten
sind im Internet über dnb.dnb.de
abrufbar.

© 2020 Flora Schattenlicht
Herstellung und Verlag: BoD – Books
on Demand, Norderstedt
ISBN: 978-3-7504-8807-6